AGORA SERVE
O CORAÇÃO

NEI LOPES

AGORA SERVE O CORAÇÃO

1ª edição

EDITORA RECORD
RIO DE JANEIRO • SÃO PAULO
2019

CIP-BRASIL. CATALOGAÇÃO NA PUBLICAÇÃO
SINDICATO NACIONAL DOS EDITORES DE LIVROS, RJ

L85a Lopes, Nei
Agora serve o coração / Nei Lopes. – 1ª ed. – Rio de Janeiro: Record, 2019.

ISBN 978-85-01-11631-4

1. Romance brasileiro. I. Título.

19-54633 CDD: 869.3
CDU: 82-31(81)

Vanessa Mafra Xavier Salgado – Bibliotecária – CRB-7/6644

Texto revisado segundo o novo Acordo Ortográfico da Língua Portuguesa.

Direitos exclusivos desta edição reservados pela
EDITORA RECORD LTDA.
Rua Argentina, 171 – Rio de Janeiro, RJ – 20921-380 – Tel.: (21) 2585-2000.

Impresso no Brasil

ISBN 978-85-01-11631-4

Seja um leitor preferencial Record.
Cadastre-se no site www.record.com.br
e receba informações sobre nossos
lançamentos e nossas promoções.

Atendimento e venda direta ao leitor:
sac@record.com.br.

Com a licença dos Ancestrais, dos Guerreiros
abridores de caminhos e de Babá Obatalá.
Maferefun Orunmila Ogbetumako!

Em memória do inexcedível Victor Giudice (1934-1997).

* * *

Agradecimentos, mais uma vez, à professora Mirian de
Carvalho (UFRJ) pelo valioso aconselhamento.

Agora serve o coração é uma obra de ficção, onde eventuais semelhanças entre personagens e pessoas reais serão devidas a simples coincidências, e os conceitos emitidos pelos personagens devem ser lidos como exclusivamente deles, e não do autor.

No maciço Temininó-Iranha, na província do Rio de Janeiro, encontramos a cratera quase intacta de um vulcão extinto, segundo soubemos, há 35 milhões de anos.

Jean-Yves Ribeyrolles, *Cahier d'un Retour a La Terre des Mensonges*

Para o pobre, os lugares são mais longe.

Guimarães Rosa, *Primeiras estórias*

O que acontece com esses mortos velhos é que, quando a umidade chega neles, começam a se remexer. E despertam.

Juan Rulfo, *Pedro Páramo*

SUMÁRIO

1. NA BRASA

Com quase o dobro da largura das balizas do campo do Juventus, a churrasqueira se estendia por uns 15 metros. Firme estrutura de tubos de ferro, formando um retângulo apoiado em oito canos fincados na terra, sustentava uma grelha de muitos vergalhões paralelos, a uma altura de mais ou menos 1,20 metro do chão. Lembrava os antigos fumeiros de troncos e galhos de árvores, em que os índios defumavam as carnes de suas caças e pescas. Mas era feita de canos industriais, desses usados em instalações hidráulicas. E sobre a grelha fantástica, viscerais, dilaceradas, sanguinolentas, tão infernais quanto apetitosas, e desprendendo uma fumaceira densa, douravam-se as carnes: alcatras, costelas, coxões, coxinhas, asas, linguiças, chãs, acéns, capas, filés, lagartos, patinhos...

Igualmente diabólicos, levantando poeira no mormaço da tarde abafada, os tantãs retumbavam, os repiques repenicavam, os pandeiros rilhavam as platinelas; e os chocalhos gargalhavam, debochados, sobre o espesso colchão sonoro que vinha dos violões, banjos e cavaquinhos. E, mais acima, o coro de mil e tantas vozes, em terças, quintas e sétimas absolutamente casuais, esganiçava e guturalizava os cânticos mais sentidos e, não obstante, cheios de animação.

Churrasco anunciado e esperado como aquele nunca tinha acontecido na Fazendinha. Mas havia muito tempo todos sabiam que um dia iria rolar. E afinal aconteceu: centenas de caixas de cervejas, dezenas de garrafas de uísque, de cachaça e de refrigerantes; e jamais se soube quantos quilos de carnes, embutidos, torresmos, costelas, vísceras, miolos. O pagode comia solto e todo mundo cantava junto, em feitio de oração.

E, então, exatamente às seis horas da tarde, quando o sol se punha lá pras bandas de Caixa-Prego e Deus-Me--Livre, surgia ela, Soraia, a Iaiá de Marangatu.

Trajando vestido preto muito justo, brilhoso e decotado, que transparecia suas formas abundantes — na parte inferior, uma fenda reveladora de boa parte de sua veludosa coxa esquerda —, ela saltou do Lexus LS 460 L preto blindado, acompanhada por um homem muito bem--apessoado, esportivamente vestido, além de simpático. Era, segundo se dizia, o patrocinador da festa, durante a qual lançaria sua candidatura a deputado.

Saudado o casal por um murmúrio de admiração e coberto de aplausos entusiásticos, a Iaiá, do alto de sua inquestionável importância, deu a ordem, irretorquível e irrevogável:

— Agora serve o coração!

2. MARANGATU

Não me lembro quando foi a primeira vez que ouvi falar em Marangatu — na época, aliás, uma denominação genérica de todo o território entre a serra e a ferrovia, entre o rio e o outro maciço a sudoeste, oficialmente denominado Morgados. Por interesses apenas políticos, a região era já constituída de pequenos municípios, como o que conservou o antigo nome de Agronomia e, junto a outros cinco, formou o conjunto que se convencionou denominar "Grande Marangatu". De modo que não me recordo da primeira vez que ouvi este nome. Mas sei que o assunto foi o cemitério, referido como um lugar mal-assombrado, de despejo de restos sem nome e muitas vezes com as partes desarticuladas, chegando do necrotério congeladas, na caçamba dos caminhões de lixo. Era o cemitério dos indigentes, daqueles que não tinham de fato onde cair mortos, e para quem palavras frequentes no vocabulário dos políticos, como casa, comida, trabalho, família, não significavam absolutamente nada. Indigência é mais do que mendicância, do que miséria, do que penúria: o indigente não tem nada, nem mesmo a possibilidade de obter. Por isso, quando morre, é reduzido a uma simples papeleta amarrada no dedão do pé; e às vezes nem isso.

Segundo Victor Darbot, no clássico *Reminiscências pitorescas da hinterlândia fluminense*, Marangatu vinha do tempo dos jesuítas. Tempo em que a Fazenda de Santa Cruz começava no mar e se estendia pelas terras que hoje vão de Itaguaí a Nova Iguatu, e de Barra do Piraí até Vassouras e Volta Redonda. Era terra que não acabava mais. E Marangatu ficava a oeste desse imenso latifúndio dos padres da Companhia de Jesus.

Esses religiosos, segundo se dizia, gozavam de muitos privilégios; e sua ordem um dia se tornou dona de outras imensas vastidões de sesmarias, terras que os reis de Portugal "sesmavam", quer dizer, dividiam entre os colonizadores, para que eles desenvolvessem. Tais privilégios acabaram despertando ciúmes. Até que o marquês de Pombal, primeiro-ministro do rei dom José, resolveu expulsar os jesuítas de todos os territórios portugueses, confiscando suas propriedades.

Quando da Festa dos Corações Ardentes, como passou à história aquele churrasco, o nome Marangatu designava, mais que uma localidade, toda esta região situada na vertente sudoeste da serra de Mandureba, nos contrafortes do maciço do Temininó. Por ela corria o Capenga, um rio caudaloso antes chamado Iacá-açu, rio grande. Mas que *foi afinando e ficou capenga e sem serventia*, como diziam os pretos velhos. Tanto que os produtos que saíam de Marangatu, para chegar até o porto de Iguatu, tinham que ir de carroça.

No tempo antigo, até mesmo Iguatu era só uma rua comprida e mal calçada que à esquerda seguia para o porto e à direita terminava numa bifurcação. Aí se comprimiam as vendas, as moradias e os armazéns dos negociantes que exportavam para a capital do Império. No porto, o rio era estreito e baixo. Nele, para chegar até a baía, os barcos que transportavam a produção eram impulsionados a vara até o mar.

Região muito insalubre, extremamente propícia ao alastramento da epidemia de cólera que um dia chegou. Com a falência de várias fazendas e o abandono das terras, muitos escravos fugiram e foram se acoitar no alto das serras, nos maciços, e também nos pântanos. Escravos fugidos dos engenhos Tabatinga, do Brejo e Maximbombo utilizavam o leito do rio das Pretas para chegar às encostas da serra, onde, na beira do rio, fundaram um quilombo e lhe deram o nome de Cuanza, em memória — dizem — de um rio lá de Angola.

Isso me explicou o angolano Filipe Munganda, que não sabia nada de Brasil, pois estava aqui havia pouco tempo. Mas sabia muito sobre seu país e gostava de contar vantagens a respeito:

— Temos *Kuanza* e *kauanza* — dizia o angolano. — *Kuanza* é o rio, *kauanza* é um pequeno fruto, com o *aspeto* de um tomate e menor que o *jindungo-de-kaombo*, que é uma pimenta do tamanho de um tomate.

Filipe falava pelos cotovelos. E aí, a informação se perdia, num elogio que ele resolveu fazer ao seu ardente país:

— As pimentas do Brasil pra mim são chicletes, meu camba. Na minha terra é que as pimentas ardem. Temos lá um jindungo-de-kaombo que arde como ácido muriático, mas qualquer monandengue, qualquer criança, come e se delicia. Brasileiro não sabe o que é uma muamba de galinha com funje de bombó, tudo bem ajindungado! É de estar a comer rezando, meu cota! Ainda mais, pra quem aprecia, com um copito de caxipembe de abrideira e a enxaguar com uma cuca *bué* gelada. Para quem aprecia...

Filipe conhecia o rio Cuanza, claro. Mas não garantia nada sobre o tal quilombo nem sobre um outro, o da Mafuta, liderado por uma mulher.

Segundo o historiador Efe Santos Gomes, o quilombo da Mafuta formou-se no final do século XVIII quando a líder, então escrava da Fazenda de Santa Cruz, castigada no tronco por um malfeito, conseguiu se libertar com a ajuda de alguns malungos.

Os jesuítas adotavam os ensinamentos da *Economia cristã dos senhores no governo dos escravos. Deduzida das palavras do capítulo trinta e três do Eclesiástico*, livro escrito por um padre da Companhia de Jesus e publicado no Brasil no século XVII. Segundo esse livro, a primeira obrigação que os senhores deviam para com os escravos era dar-lhes o pão, o sustento do corpo — *panis, ne sucumbat*; a segunda era o alimento espiritual, da alma — *tum animae sustentandae est necessarium*; e a terceira era o castigo, para que o escravo, diante dos erros não castigados, não se acostumasse a errar.

Então, a escrava Catarina Mafuta, antes que os padres se acostumassem a lhe castigar, matou dois jesuítas, feriu mais três e, fugindo na direção leste, foi parar na serra do Iranha, embarafustando-se na mata, com seus companheiros de fuga.

Mais tarde, o quilombo recebeu sobreviventes dos redutos de Manuel Congo e Mariana Crioula. Estes, da mesma forma que seus antecessores, ao encontrarem pouso seguro, e não sabendo que na vizinhança dormia um vulcão, assentaram seus mocambos por ali. Sem perceber, os macambas tinham ultrapassado o Iranha e chegado ao topo da serra de Marangatu. E o assentamento foi facilitado pelo fato de que naquela época toda a população indígena tinha se dispersado, temendo a reativação do vulcão legendário. Assim, no início do século seguinte, a presença dos "pretos da Mafuta", como se tornaram conhecidos os descendentes dos quilombolas, já tinha sido assimilada pelo povo cá de baixo. Nos dias de feira, por exemplo, eles desciam para vender ou trocar os produtos de suas lavouras e de seus ofícios.

Segundo Efe Santos Gomes, o maior historiador dos quilombos fluminenses, os habitantes de Marangatu apreciavam muito a mandioca, a rapadura, o inhame, a batata-doce, o mel de abelha, as frutas e hortaliças, o leite, os ovos e galinhas que vinham lá de cima. E os pretos conseguiam, nos armazéns cá de baixo, muita coisa que não tinham lá em cima, como sal, fósforos, querosene, cobertores, panos de brim e vinho. Ao longo do tempo, esse comércio cresceu e as relações se ampliaram, inclusive no campo social. Até que aconteceu a primeira união marital.

— Espera cá, *ó pá*! O cota estava a falar de quilombo fluminense. Não me parece conforme. Quilombo, nos meus modestos saberes, só pode ser Vasco ou Flamengo. Fluminense, nunca!

Filipe parecia não ter entendido alguma coisa do que eu havia dito. Ele era um pouco, digamos, contraditório. Vendia cigarros, mas não comercializava fósforos nem isqueiros; e isto porque era *antitabagista*, como fazia questão de frisar. Cerveja, ele abria a garrafa e enchia o copo, mas o freguês tinha que beber lá fora, porque o dono do bar era *abstémio*, com "e" aberto, como falava. Cachaça, então, só vendia a garrafa fechada, pro freguês ir beber em casa. Ou em vidrinhos de remédio, que preparava. Mas não esquecia do caxipembe e da Cuca, cerveja de sua terra.

Outra singularidade desse meu *camba* era que, embora fosse angolano, ele não gostava de samba; e por isso não permitia "batuques" em seu estabelecimento.

— Batuque é ritmo incivilizado. Música é *semba*, que eu *gustava* na minha terra. Eu era o *viola-baixo* do Mukunga Ritmos, o meu grupo. Infelizmente, na guerra contra os fantoches, machuquei esta mão aqui, a esquerda, e não pude mais fazer as posições correspondentes às tonalidades. O único instrumento que ainda toco é a minha *dicanza*.

Ele não explicava o que era "dicanza". E também ninguém perguntava. Porque o Filipe costumava levar tudo ao pé da letra. Tanto que jamais entendeu por que eu insistia em chamar de Convenção de Genebra o seu Café e Bar Flor de Benguela, um pé-sujo onde se reunia a flor dos aposentados, encostados e desocupados das redondezas; todos bebericando gotas homeopáticas, mas em quantidade espantosa, de zinebra ou genebra, bebida vagabunda, espécie de cachaça composta inventada na Suíça— e não na China, como alguns pensavam.

Da China o que veio para Marangatu foram os trabalhadores empregados na construção da estrada de ferro. Muitos deles, morrendo vítimas da febre e da peste, tiveram seus corpos incinerados pelos compatriotas em fogueiras fantasmagóricas. Aí o local ficou conhecido como a Roça dos Queimados. Mas, apesar de tudo, o imperador velho, num trem especial, veio inaugurar o primeiro trecho da ferrovia. Num trem que saiu do Campo da Aclamação e chegou até os Queimados, às terras cedidas pelo comendador Soares, de Maximbombo, e pelos herdeiros das glebas da freguesia de São José de Marangatu.

Eu ouvia falar do lugar, mas não localizava direito. Até que, um dia, Seu Barra-Mansa, o presidente da nossa UFHC, União Fluminense dos Homens de Cor, resolveu promover, pela passagem do 13 de Maio, uma festa em seu sítio, na estrada do Murucu, bem distante da sede da União, que ficava em Vigário Geral, quase Caxias.

3. BARRA-MANSA

O velho Barra-Mansa tinha uns 70 anos. Seu nome parecia apelido, mas era o segundo sobrenome de "João Gomes", porque nascido numa família de ex-escravos de João Gomes de Carvalho, barão e visconde de Barra Mansa, pacata cidade do vale do Paraíba.

Era um velho sacudido, espigado, muito bem-disposto, corpo impecável em razão dos muitos anos de trabalho na estiva do Cais do Porto. Forte e bonito, traços muito bem-delineados, a carapinha prateada, luzindo sobre o rosto escuro, no qual sobressaía o bigode imperioso, Seu Barra-Mansa tinha, como depois eu soube, três famílias constituídas e distribuídas estrategicamente: uma na Gávea, extremo sul da zona sul carioca; outra em Paciência, quase fim da zona oeste; e a terceira no sítio de Marangatu.

Uma família não sabia da outra. E o grande recurso que o velho usava para manter segredo sobre sua tripla condição conjugal era não fornecer seu endereço para ninguém. Quem quisesse visitá-lo, tinha que combinar previamente. Aí, no dia e hora marcados, ele ia, em seu Simca Chambord 1960, pegar o visitante em um ponto determinado, de onde partia rodando bastante para confundi-lo, até chegar à casa.

E assim foi naquela manhã de domingo quando, na porta da União, formou-se enorme fila de automóveis, atrás do Simca Chambord com a bandeira da UFHC, para seguir Seu Barra-Mansa, por caminhos não informados, até a localidade desconhecida.

O último automóvel da caravana era o do Pires, motorista do jornal *Luta Democrática*. E como eu não tinha carro, mas possuía uma carteirinha de jornalista, ele, que também tinha a sua, numa natural demonstração de corporativismo, fez questão que eu fosse ao seu lado.

Então a caravana partiu. E com menos de 1 quilômetro de trajeto o carro da *Luta* enguiçou por falta de combustível. Mas isso não chegava a ser problema, como o Pires observou, pois estávamos justamente em frente a um posto de gasolina.

Abastecemos o veículo. Mas... E agora? Cadê a caravana? Cadê o carro do Seu Barra-Mansa?

Pires era cabeça fresca. Assim, depois de levar um esporro meu pela carona mal dada e pela irresponsabilidade, resolveu consultar o *Guia Rex* que levava no porta-luvas. Mas como? A única referência que ele tinha é que era *lá pras bandas de Queimados*.

Então, voltamos para a sede da União, para ver se alguém descobria, na ficha cadastral do associado João Gomes Barra-Mansa, pelo menos um número de telefone. Achamos um de recados. Eu liguei:

— Alô?

— Alô...

— É da casa do Seu Barra-Mansa?

— Aqui não tem ninguém com esse nome, não.

A voz era feminina, mas a pessoa parecia vacilante. Insisti, descrevendo a figura, sua condição de aposentado do Cais do Porto. Ela me pediu que esperasse, e eu ouvi a conversa do outro lado:

— Maanhêêê! É um homem, e eu acho que está procurando pelo papai.

Depois de alguns segundos, a voz jovial me descartou, dizendo que era a empregada da casa e não estava autorizada a dar nenhuma informação sobre o patrão... E desligou.

Pires era metido a jornalista; e pior: *repórter investigativo*. Então, pressentiu ali um grande mistério prestes a ser desvendado. Com isso, resumindo a história, foi — e eu com ele — seguindo várias pistas, com paradas estratégicas em diversos botequins, até que chegamos à estrada do Murucu. Naquela altura, entretanto, já anoitecera, e a festa de 13 de Maio tinha se transformado num angustiante leilão de suposições sobre o nosso desaparecimento, meu e do Pires. Mas isso sem que o pessoal tivesse deixado de comer toda a feijoada e beber toda a cerveja que Seu Barra-Mansa, sempre muito farto, tinha oferecido. Muito aborrecido, ele achou que o nosso retardamento, classificado por ele como uma "desfeita", tinha sido proposital; e não aceitou nenhuma desculpa ou justificativa.

Nada disso, porém, impediu que eu admirasse a propriedade e imaginasse um dia ter algo semelhante. Assim conheci a localidade. E tempos depois, por conta de uma necessidade de minha mulher, acabei em parte realizando o sonho. Diga-se de passagem que eu não acreditava nessas coisas de espiritismo; mas alguém disse à minha senhora que ela precisava *desenvolver* sua espiritualidade. E eu, para não contrariar, tive que levá-la a um terreiro. Exatamente em Marangatu.

A casa era daquelas típicas do velho subúrbio, ampla e baixa, atarracada, com a varandinha que dava pra sala, onde a mobília era a de sempre, mesa, quatro cadeiras e cristaleira. Numa parede, devidamente emoldurado, o título de utilidade pública conferido à Sociedade Espiritualista Cristã São Jerônimo e Santa Bárbara, pela Câmara Municipal de Duque de Caxias. E entre gravuras coloridas de cantores do rádio e jogadores de futebol, além da flâmula desbotada do Marangatu F.C., num cartaz de 36 × 48 cm, sorria o pai dos pobres, o estadista, o realizador... Getúlio Dornelles Vargas!

Da sala, chegava-se à cozinha por um corredor largo, com quartos e banheiro distribuídos à esquerda e à direita. Mas só entravam por ali os mais chegados e os clientes de cerimônia. Os que não eram nem uma coisa nem outra entravam pela passagem externa à esquerda, entre a parede lateral e o muro; porque a do outro lado funcionava como uma espécie de depósito onde se acumulavam caixas de cerveja, tijolos, telhas, rolos de arame, latas de tinta... Mas tudo arrumado, direitinho, como num almoxarifado. No fundo do quintal, o barracão das festas. Nele, o runcó, o peji, como eles diziam; e o quarto onde as entidades davam consultas.

Dessa primeira ida ao local até a compra da propriedade — que minha mulher insistia em chamar de "sítio", por causa da porteira, mas que no fundo era apenas uma casinha rural antiga, de telhas vãs, no meio de um terreno de três lotes remembrados — passou-se pouco mais de um ano. Amélia tinha recebido os santos dela para cuidar em casa. E, como nós morávamos em apartamento, encareceu a necessidade de termos um lugar com espaço e natureza para instalarmos suas "entidades guias". De fato, tínhamos lá várias espécies de árvores frutíferas e outras identificadas por ela como sagradas: o dendezeiro, a mangueira, a jaqueira; uma capoeira no terreno vazio adjacente, que ela chamava de "espaço-mato"; e um corregozinho, com um fiapo de água que vinha de lá de cima do morro e passava por trás do nosso quintal.

Era agradável o sítio — o Paulista, conhecido nosso, dizia *chácara*. Lá passávamos nossos fins de semana, ela com os santos e eu com os livros, já que não tenho muitas habilidades caseiras, como alguns colegas e conhecidos que instalam, consertam, reformam, pintam e bordam. Eu nunca tive jeito pra essas coisas. Daí, me deu na veneta estudar a história local e seus fundamentos. Então, nos sebos do centro do Rio, recorri aos livros da velha e boa coleção Brasiliana e aos da Reconquista do Brasil, principalmente os dos viajantes, como Spix & Martius, Saint-Hilaire, Kidder, Ribeyrolles, Victor Darbot etc., e com eles fui formando uma biblioteca. Com isso veio a necessidade de melhorar a casa, para o que fui recrutando mão de obra local, desde os pedreiros, que os havia em abundância, até os especializados, como os trabalhadores em madeira. E nessa especialidade, exaustivamente bem recomendado, veio até nós o profissional que tinha o orgulho de se apresentar como "Aleixo Carpinteiro".

Naquela época, ele era um homem dos seus 60 anos talvez, magro, alto, espigado, pele bronzeada e cabelos lisos penteados para trás, calmo, bem-falante e simpático. Sua conversa revelava algum estudo, talvez adquirido num daqueles bons ginásios de antigamente. Fumante compulsivo, tinha o bigodinho amarelado de fumo, assim como as pontas dos dedos médio e o indicador da mão direita. Vestia sempre paletó, por cima da camiseta de malha sem mangas; e isso, por incrível que pareça, lhe acentuava aquela elegância natural que caracteriza alguns humildes.

Seu Aleixo Carpinteiro ficara famoso como contador de histórias mirabolantes, fantásticas. Ninguém acreditava; mas todo mundo gostava do seu jeito peculiar de contar os casos, interpretando os acontecimentos, gesticulando, cantando e dançando quando era preciso. Uma figuraça, aquele Seu Aleixo! E um mestre em seu ofício, fazendo armações para os telhados, cercas, portões, porteiras, caixilhos de portas e janelas, palanques pros políticos, e carretas para as escolas de samba. Tudo no maior capricho. Criando arte com os sarrafos, ripas, caibros e pernas de três. E até fazendo acrobacias com o serrote, o martelo de unha, os pregos, as tachinhas. Desse modo desmentia as *bobagens dos livros.*

Enquanto demonstrava suas habilidades com o "metro", a plaina, o rebote e a chave de parafusos, primeiro no fabrico da nova porteira, depois nas portas e janelas e finalmente na estante da biblioteca, o meticuloso artífice foi me contando suas versões para a história de Marangatu:

— Antes dos jesuítas, tinha os índios.

Sempre com essa introdução, Seu Aleixo Carpinteiro, que se dizia descendente dos primeiros habitantes, defendia suas teses com veemência, e uma boa dose de razão:

— Os índios nunca se consideraram donos da terra. Pra eles, a terra era a mãe de todos e de tudo: dos bichos, das matas, dos rios, das montanhas. Todos eram filhos da terra; e por isso eram todos irmãos. Aqui em Marangatu, eles viveram muitos e muitos anos, sem nunca terem visto alguém, homem, mulher ou criança, que não fosse um igual, uma pessoa de sua família.

Dizendo isso, Seu Aleixo chegava quase a chorar.

— Um dia — conforme o Carpinteiro tinha lido não se sabe onde —, o rio trouxe as primeiras pessoas de um povo diferente: peludos, abrutalhados, o corpo sempre coberto com alguma coisa como cascas finas de árvores, que eles começaram a derrubar. Do lenho dessas plantas, e não das palmeiras, eles fizeram suas ocas no lugar das derrubadas. E tinham paus de fogo, que usavam pra matar os bichos da mata e comer, e isso — Seu Aleixo explicava — por não saberem que o alimento, mesmo, é o peixe do rio e a mandioca que brota do chão sem que ninguém mande brotar.

Seu Aleixo era galhofeiro e fantasista. Mas aí ele falava sério. Nesse tempo a que ele se referia, os brancos já eram muitos; e já tinham dominado os índios para forçá-los a trabalhar em suas lavouras, quando a notícia chegou a Marangatu: a Aldeia Grande dos grandes brancos de Portugal tinha sido invadida por mar e por terra. Seus inimigos da França tinham vindo lhes tomar as terras, e o governador dos portugueses veio se esconder na vizinha Fazenda de Santa Cruz.

As terras de Marangatu, entretanto, tinham outros donos. E foram passando de mão em mão até que um dos proprietários levantou a capela de Nossa Senhora da Conceição. E isso foi antes da chegada da estrada de ferro.

Conforme Seu Aleixo, o nome Marangatu vinha de um cipó comprido e achatado que, no tempo antigo, os índios daqui usavam para fazer seus cestos, samburás, caçuás e jacás. Um dia eu li no *Dicionário da língua tupi* do Gonçalves Dias que o nome tem outro significado. Mas por enquanto vamos ficar com o Carpinteiro, porque foi com esses cestos na cabeça que eles, os mandubiras, vieram pra cá pra baixo quando o vulcão, lá em cima da serra, resolveu pipocar. Foi uma coisa horrível.

O caso teria ocorrido, como contava seu Aleixo, "mas sem poder garantir" — como dizia —, certa madrugada, muitos anos atrás, quando a pedra gigante que dormia lá no alto explodiu:

— Abriu um panelão enorme, que vomitava fogo, fumaça, lascas de pedra pontudas e lama fervendo pra todos os lados. O estrondo, o clarão e os petardos que vinham do alto acordaram a aldeia aqui embaixo e todas as outras que tinha, pra lá até a Guanabara e pra cá até Sepetiba e Guaratiba. Então, naquele salve-se quem puder, os índios fugiram desnorteados de pavor, impotentes diante daquela fúria dos infernos.

Em alguns livros que andei lendo constava que durante bastante tempo os sobreviventes dessa tragédia, muitos deles horrivelmente queimados, vagaram sem rumo pelas matas, rios, pântanos e campinas da região. Até que, sob o comando de um chefe muito moço e valente, formaram uma nova aldeia. Em memória da paz que se seguiu àquele longo período de confusão e desordem, que os nativos chamavam de *mara ngatu*, "tudo bem", o povoado indígena acabou sendo conhecido como Marangatu. E assim teria crescido a aldeia, mais tarde aumentada por levas de escravos fugidos de sesmarias locais, das terras às margens do rio Guandu. Mas Seu Aleixo jamais concordou com essa versão da história; e se irritava com ela, chamando-a de "bobagem dos livros". Irritou-se tanto que de repente não quis mais tocar no assunto. Mas, quando escutava aquela história, rebatia contando tudo conforme aprendera:

— Lá praqueles lados da serra de Mani-Uera tem um vulcão...

Ele não dizia *Mandureba*, como todo mundo, e sim *Mani-Uera*, que, segundo justificava, era a pronúncia certa, como os índios chamavam:

— Vem do nome de uma espécie de bagre, que dava muito nos rios de lá.

Dentro do vulcão, dizia ele, morava um bicho brabo, uma espécie de cobra ou dragão muito grande.

— Na língua dos índios — ele explicava — Marangatu quer dizer "cipó bonito"; e o bicho era mesmo comprido como um cipó. Os índios tinham muito medo dele e, por cautela, sempre lhe faziam grandes oferendas. E assim tinham paz, saúde, chuvas, sol e boas colheitas. Mas um dia, um cacique novo, metido a saber mais do que os outros, como todo moço, resolveu que ninguém tinha mais que render homenagem nem pagar imposto nenhum ao bicho. Aí, o Marangatu, sabendo disso, se emputeceu e começou a vomitar fogo. O chão começou a tremer, arrancando as árvores e derrubando as montanhas. Mas uma dessas montanhas abriu uma bocarra deste tamanho. E dela saiu uma tromba-d'água. Mas uma tromba tão grande e tão forte que foi inundando tudo aqui. E o bicho brabo, que não conhecia água, gostou e foi se acalmando... Até que ficou amigo da água e se refestelou nela, feito uma criança. A água é o rio Guandu, que é o nosso rio aqui, desde esse tempo. Mas, nessa passagem, mais de metade do povo morreu.

Interessante é que Seu Aleixo, antes de não querer mais tocar nesse assunto, tinha, ele mesmo, diferentes versões para o mesmo acontecimento. E era disso que o pessoal mais gostava.

— Quem conseguiu se safar, saiu numa debandada geral, em todas as direções: pro leste, pra além da Mani-Uera; pras margens do Murucu, do Ipiranga, do Capenga; até o mar, a oeste; pras matas de Temininó, a sudeste; e na direção sul pras matas do Miranha. Mas esse nome depois foi corrompido pra "Irânia", por uns fazendeiros vindos de fora. E virou Iranha.

Seu Aleixo, enfim, dizia que foi a partir desse fato que tudo isto aqui passou a se chamar Marangatu, para agradar ao bicho brabo, que então sossegou, só se aborrecendo de novo na época dos chineses da estrada de ferro. Nessa época, na implantação da ferrovia, era ele, Aleixo, que comandava o preparo dos dormentes de sustentação dos trilhos, pois sabia qual era a madeira melhor, o tamanho e o formato certos. Ele contava que, nessa época, o bicho Marangatu, ou um filho ou neto dele, que continuava morando no vulcão lá em cima, não se conformava com a abertura da estrada de ferro, pois achava que a locomotiva era um bicho também. E aí enviou a cólera e a febre amarela.

A época a que o nosso carpinteiro se referia era a do imperador velho, quando os ingleses começaram a abrir os caminhos para o trem que vinha da Corte até os Queimados. E em menos de três anos os trilhos já estavam aqui, na antiga freguesia de Nossa Senhora da Conceição de Marangatu, onde fica a comunidade da Fazendinha, local da histórica Festa dos Corações Ardentes. Tão animada que, naquele dia, naquele momento, lá, o pessoal *queimava uma carne*. A festa, mal iniciada, já estava tão animada que Seu Aleixo, se esquecendo da jura de não falar mais no tempo antigo, informava:

— Pois vou lhe dizer uma coisa: esse modo de fazer churrasco, que o povo usa aqui, vem do tempo do vulcão. E o nome, mesmo, é *bucã*. Vulcão e bucã é a mesma coisa. Os índios armavam o bucã — esse é o português correto: *boucan* é francês — com troncos e galhos de árvore. Botavam lá as carnes, acendiam o fogo por atrito e deixavam a fumaça ir defumando pra conservar. Bucã tem esse nome por causa do vulcão, que é a mesma coisa: fogo e fumaça. Os franceses, quando chegaram aqui, subindo os rios Meriti e Saracuí, viram isso e levaram com eles. Aí, os piratas e corsários, franceses, holandeses e ingleses, gostaram e espalharam. Daí é que veio a palavra "bucaneiro", como era chamado todo pirata que vendia carne defumada pros navios.

História mirabolante! Vão vendo! Mais uma do velho Aleixo. O curioso, porém, era que a Fazendinha parecia mesmo guardar, inexplicavelmente, a memória de coisas do “tempo do vulcão”, como se dizia na futura região de Marangatu, quando se queria adjetivar algo ultrapassado, fora de moda.

— Mas o que essa putada não sabe — e Seu Aleixo ensinava — é que *boucan*, além de *fumeiro*, na gíria da malandragem francesa, quer dizer mesmo é lupanar, randevu, puteiro.

Impressionante, também, era que, mesmo com os índios todos dizimados, havia muitos e muitos anos, a lembrança deles continuava pairando no ar. Pelo que Seu Aleixo, com total convicção, repetia que todo ano eles voltavam. No carnaval.

— Primeiro, a gente escuta a batida dos pés no chão duro: pum-pã... pum-pã...pum-pã... Aí, eles chegam, bebem, fumam por três dias e três noites sem parar. E quando param, muito embriagados, é pra destruir tudo. Quebram, derrubam, matam, tacam fogo... Tem gente que vê, mas pensa que é só coisa de arruaceiro, polícia, milícia, traficante. Mas não é, não. É o povo daqui mesmo, os índios antigos. Eles voltam pra se vingar, pra matar, pra roubar. Aproveitam o carnaval, porque aí, quem por acaso vir não vai maldar, vai achar que carnaval é isso mesmo. Mas eu sei quem eles são. Eu tenho vidência, meu patrão.

4. RAÍZES

Victor Darbot chegou ao Brasil no ano em que dom Pedro era sagrado imperador, com apenas 16 anos. Veio na comitiva do príncipe de Joinville, filho do rei Luís Filipe, da França; mas seus interesses iam muito além dos que motivavam a visita principal. Fascinado pelos diversos ramos das ciências naturais, mas principalmente por geologia, Darbot se dedicava ao estudo de fenômenos sísmicos. E, tendo ouvido falar no vulcão da serra de Marangatu, veio à província do Rio de Janeiro para estudá-lo. Assim, deixou preciosos escritos sobre o assunto, como descobri em um de seus livros, traduzidos e publicados pelo editor Garnier e garimpados para mim pelo amigo Manuel, da Livraria Elizart, na antiga rua Larga.

Nos apontamentos que publicou, o francês não se limitou apenas ao vulcão. Discorreu sobre a ocupação dos vales dos rios situados em torno da baía de Guanabara e sobre como esse povoamento tinha se consolidado após a expulsão de seus ancestrais franceses, protestantes calvinistas, no século XVI. E explicou como, "em nome da fé cristã católica, emanada da Igreja de Roma" — assim escreveu —, o governo português iniciava a colonização do Rio de Janeiro.

Para compartilhar comigo essas importantes informações, ninguém melhor que o velho Aleixo Carpinteiro. Então, o chamei, e numa bela manhã de sábado, na varanda do sítio — que Paulista chamava de chácara —, folheamos juntos o precioso livro.

Com Darbot, observamos que havia três hipóteses sobre o povoamento inicial de Marangatu. A primeira o atribuía a uma daquelas raças de gigantes que teriam povoado o mundo nos primeiros tempos. Outra dizia que os primeiros habitantes, índios, naturalmente, teriam entrado pela barra, vindos de Ubatuba, Paraty etc... A terceira dizia que eles haviam chegado pelo fundo da baía, por aqueles rios que lá desembocam: Saracuí, Iguatu, Xuruí, Cuapi, Najé, Biriti...

— Pra mim, o certo, mesmo, é essa última opinião. Eu sempre soube que os índios de fora da barra eram tamoios. E os de dentro, mandubiras. Que é a nossa raiz, tenho certeza. — Seu Aleixo dizia isso lembrando o pai: — Meu velho era um caboclo forte, troncudo, pele bem escura, mas cabelo bom, sempre penteado pra trás. Bebia bem, comia de tudo; e aos 65 anos nunca havia tido nem um resfriado. Já minha mãe tinha aqueles ombros mais largos que as cadeiras, pernas finas, e aqueles cabelos escorridos, lisos. Feito uma mandubira, mesmo.

Consoante Darbot, os primeiros índios vieram pelos rios, mas só até as embocaduras, na margem oeste da baía. Para chegar até o lugar mais tarde denominado Marangatu, eles tiveram que enfrentar intermináveis caminhadas, desbravando matas e enfrentando todos os perigos. Organizados em bandos de caçadores e coletores e ainda usando instrumentos e artefatos de pedra, eles vieram se espalhando em busca de locais propícios, onde encontrassem as carnes e os vegetais de que sua alimentação consistia. E tudo o mais de que precisavam: o tronco para suas canoas; as folhas para a cobertura das ocas; a fibra para as redes; as cuias e coités para sua água e seus alimentos; o pau do arco; e o veneno das flechas...

Seu Aleixo não dizia, mas tenho certeza de que não via muita graça nas descrições de Darbot. Então, resolveu apresentar uma nova versão do Gênesis de Marangatu:

— Bom... Não garanto que seja verdade, mas o que ouvi dizer é que o primeiro homem branco daqui, um português chamado Gonçalo, era carpinteiro como eu. Tinha vindo pro Brasil pra melhorar de vida, sonhando com todas aquelas maravilhas que diziam existir aqui. A caravela em que ele tinha vindo pra Terra de Santa Cruz chegou até a boca da baía, que ele pensava que fosse um grande rio. Mas naufragou atingida por uma onda enorme, como nunca ninguém tinha visto; porque aqui tudo era maior e mais maravilhoso. Aí, todos os tripulantes morreram, e Gonçalo, boiando agarrado no baú onde carregava suas coisas, conseguiu se salvar e acender um foguete, que iluminou tudo em volta...

Seu Aleixo inventava a história como se contasse a verdade mais verdadeira do mundo; e quanto mais inventava, mais tinha prazer em fabular.

— Então, veio um pelotão de índios remando em busca de alimento, que eles tiravam da água e de uma ilha próxima. Os índios viram o clarão do foguete saindo da mão de Gonçalo e acharam que ele era enviado de Tupã. E assim, como um mensageiro do céu, Gonçalo, o carpinteiro, foi levado em triunfo pra aldeia dos índios remadores.

Era realmente impressionante a capacidade de Seu Aleixo de fabular. E eu deixei que ele concluísse a narração do mito de origem, que em resumo teve o seguinte desfecho: o português ficou entre os índios, foi incorporado à tribo como um deles, só que em condição superior, pois era branco. Recebeu a filha do cacique como esposa e viveu com ela até fartar-se da rotina insípida do casamento; então arranjou outra mulher, além das várias que tinha a seu dispor, e decidiu levar essa, mais nova, mais bonita e mais atraente, na hora de voltar para Portugal. A mulher desprezada resolveu nadar atrás da embarcação que levava o ingrato, morrendo de exaustão nas águas do rio caudaloso ou do oceano, ele não sabia direito:

— Não tenho certeza, mas algo me diz que essa índia, filha do cacique, foi a tataravó da minha bisavó...

Seu Aleixo já tinha esvaziado a garrafa de Mandureba que eu abrira especialmente para seu gosto apurado. E, como já anoitecia, levantou-se, sem qualquer desequilíbrio ou vacilação, botou o chapéu na cabeça, despediu-se e saiu, em direção à sua casa. Levei-o até o portão, entrei de volta na casa, peguei os livros e continuei a leitura em meu ambiente de trabalho.

Segundo Victor Darbot, conforme li naquela noite, a escravidão dos índios em Marangatu foi predominante em todo o primeiro período da colonização, e continuou mesmo após a chegada dos primeiros contingentes maciços de trabalhadores importados da África. Eles eram mão de obra mais do que barata, pois custavam um quinto do preço de um escravo africano. Então, os bugres eram os escravos dos pobres. A situação dos nativos era tão humilhante que os índios maiores de 21 anos tinham o "direito" de vender a si mesmos a quem quisesse fazer a caridade de comprá-los. E isto chegava até às instituições religiosas, como as missões dos jesuítas e de outras ordens católicas.

Darbot incluía também, na história local, o episódio conhecido como a Confederação dos Tamoios. Segundo seu relato, a revolta, conduzida pelos líderes dos índios tupinambás, desenrolou-se entre todo o litoral de Bertioga, no norte do atual estado de São Paulo, e Cabo Frio, na costa fluminense, envolvendo também povos interioranos, como os da atual região de Marangatu. Na opinião de Darbot, o padre José de Anchieta manteve-se contra os índios e ao lado dos portugueses, incentivando estes ao massacre, cujos sobreviventes teriam buscado refúgio entre aparentados seus na serra de Marangatu.

O melhor de Darbot, entretanto, estava nas conclusões a que chegara sobre o legendário vulcão. Dizia ele que, segundo as pesquisas que realizou *in loco*, mantendo absoluto sigilo sobre suas intenções e descobertas, o território pesquisado era geologicamente constituído de rochas alcalinas, sendo o maciço depois denominado Iranha-Temininó formado por rochas cientificamente tipificadas como sienitos, originárias da atividade do vulcão, então extinto — talvez, temporariamente.

O "temporariamente" consignado pelo viajante cientista foi por ele assim explicado:

> *Numa das noites em que levávamos a efeito nossas pesquisas, dentro da cratera, ouvimos, cada vez mais próximos de nós, fortes ruídos de pés batendo no chão, ritmados e em uníssono. Refugiamo-nos na mata e assistimos horrorizados a um grupo de indivíduos gigantescos, indígenas certamente, realizando uma espécie de ritual à luz de tochas acesas. Eles cantaram e dançaram em volta da cratera, sempre batendo os pés no chão, com força, em movimentos absolutamente coordenados. Levaram um bom tempo dançando e cantando. Até que de repente uma pequena explosão ocorreu no centro do círculo, abrindo uma passagem entre as pedras, e dela começou a escorrer uma lava incandescente, coleando como uma serpente. Os gigantes manifestaram grande júbilo, dando a entender que aquele era o resultado desejado para o ritual que oficiavam. Com grande alegria, cantaram e dançaram mais um pouco até que a torrente de lava foi se estancando, estancando, até cessar, deixando apenas uma tênue fumaça que também logo cessou. Aí, os gigantes, na mesma formação com que apareceram, foram sumindo na noite, o som de seus pés desaparecendo também, como se eles estivessem indo para muito longe.*

5. HIPÓTESES

As versões sobre o povoamento da região variavam muito. Mas o que parecia certo mesmo era que tudo se fizera pelas margens do rio. Na esquerda, subindo a serra, ficaram os menos favorecidos. Na outra, foram se arranjando e expandindo os imigrantes. E na ponte que ligava os dois lados — aos poucos melhorada, alargada e pavimentada — foram nascendo o comércio, a pequena indústria, os serviços, a economia enfim. Mas os únicos pontos de convergência dos diversos segmentos da população eram a feira de todo domingo, a igreja e, acima de tudo, o cemitério.

A verdade é que fui tomando gosto. Não só pela mitologia como pela história real de Marangatu. E a partir dos livros que levava para o sítio — o que aliás causava bastante desconforto na vizinhança — fui compondo a saga da ocupação, da expansão, do crescimento desordenado e da favelização, até chegar à formação das primeiras uniões entre negros, índios e respectivos descendentes.

Sobre esse assunto, os historiadores célebres, preocupados apenas com a história dos dominantes, jamais disseram uma linha. Então, fico com o Santos Gomes, que é o maior historiador dos quilombos fluminenses. A ele, que só conheço de livro, acrescento Seu Aleixo, o qual, além de ser meu amigo, sabia, ou inventava, muito mais sobre esses assuntos. E ele é que tem o enredo que me interessa:

— O caso foi que um moço lá de cima, honesto e trabalhador, se enrabichou por uma pequena cá de baixo. O senhor pode imaginar o bode que deu, não? Foi um bolo danado. Mas como o amor quase sempre ganha essas paradas, as coisas foram se ajeitando, o sobrado se aproximou da choupana, e acabou tudo ficando bem.

O marco dessa aproximação, segundo o velho, foi a casinha de estuque e sapê levantada a meio caminho entre os cá de baixo e os lá de cima, onde um casal cujo nome foi esquecido deu início ao núcleo conhecido como Fazendinha. No topo da linhagem assim nascida, como apurei depois, estava uma certa Tia Nhanhã, mãe de uma filha batizada com o lindo nome "Afra", que viria a ser a avó da figura mais famosa e importante da região em todos os tempos: Soraia ou Dona Soraia, a Iaiá de Marangatu.

Tia Nhanhã tinha sido escrava na fazenda devotada a Nossa Senhora da Conceição. E contava, segundo Seu Aleixo, que a escravaria da propriedade tinha começado com o casamento, promovido pelos jesuítas, de trinta índias com africanos. Daí, nascia um dos mais vastos plantéis, só comparável ao de Santa Cruz. E todos os anos uniam-se de vinte a trinta casais, escolhidos pelo bom procedimento. Havia um grande número de pretos vindos de Angola,

Benguela e Congo, os quais, segundo os especialistas, eram os mais apropriados para os serviços de campo. Os solteiros, não tendo com quem se juntar, podiam se acasalar com as mulheres *desocupadas*, ou seja, sem marido.

Esses relatos foram passando através das gerações. Tia Afra, filha de Tia Nhanhã, contava ter ouvido da mãe que os jesuítas foram bons senhores. Podem ter sido, mas seus escravos eram ensinados a ter consciência de que eram naturalmente inferiores e que seu destino derivava da maldição de Cam. Essa maldição é uma lenda nascida de uma das muitas interpretações erradas que se fazem da Bíblia. Segundo ela, os pretos seriam malditos por serem descendentes de Cam, filho de Noé amaldiçoado por ter visto o pai dormindo bêbado e pelado e achado graça na situação. Outros dizem que o amaldiçoado foi Canaã, filho de Cam. Hoje, todo mundo sabe que a origem da humanidade foi mesmo na África, que a história dos hebreus é bem posterior à dos negros. Mas a tal da "maldição" deu prejuízo, pois foi usada para justificar a escravidão e tudo de ruim que se cometeu e comete contra nós, por causa da cor da nossa pele.

Eu mesmo, quando era pequeno, minha avó me contava uma história que eu, inocente, achava muito engraçada. Dizia ela que um caipira morreu e, quando chegou ao céu, bateu na porta e São Pedro perguntou quem era. Ele respondeu: "É um homem." E o santo perguntou o que desejava. "Quero entrar", disse o homem; no que o porteiro fez outra pergunta: "Está a pé ou a cavalo?" O caipira disse que estava a pé; e São Pedro negou passagem. Nisso, chegou um preto e o diálogo se repetiu, com o recém-chegado se identificando como negro, dizendo que queria entrar e que estava a pé, tendo então também negada sua entrada no céu. Então, o caipira que tinha sido barrado propôs ao preto que se fizesse de cavalo, para que ele o montasse e entrassem os dois. Assim foi feito, o diálogo se repetiu; e quando o camponês respondeu que estava a cavalo, São Pedro permitiu sua entrada, de bom grado: "Então amarra teu cavalo aí fora e entra!"

Segundo a tradição, as moradias dos escravos da fazenda localizavam-se numa espécie de pequeno bairro constituído de vários grupos de senzalas, divididos em pequenos quarteirões, com pequenas ruas e travessas, nos fundos da casa-grande. Os escravizados eram alimentados e vestidos pelos donos, tinham direito a pequenas porções de terra e dispunham de metade das sextas-feiras, além de todos os sábados, domingos e feriados, para trabalhar para si próprios nos seus *quinguingus*, como os congos chamavam os roçados em sua língua nativa. Mas parece que os chamavam assim de picardia, porque essa palavra, ou outra muito semelhante (*kingungu*), na língua deles, quer dizer mentira, fraude. Afinal, nem todos os senhores eram bonzinhos; nem todos os escravizados eram inocentes. E nem todos os jesuítas eram santos.

Quando esses religiosos foram expulsos do Brasil, enquanto Santa Cruz passava às mãos da família real portuguesa, Marangatu, como consta, era entregue a proprietários mencionados como rudes, ignorantes e violentos; e esse ambiente gerou novas ondas de revoltas e fugas. Os novos senhores preferiam comprar uma grande quantidade de cativos e fazê-los trabalhar até a estafa completa, em vez de manter criadouros, como já se fazia em outras fazendas, principalmente na da Marambaia. Assim, as mulheres, quando emprenhavam, escondiam a barriga, pois as sinhás as obrigavam a abortar, por não lhes convir que as escravas ficassem mais de meio ano sem poder trabalhar, de barriga ou cuidando de moleque recém-nascido.

— A mulher do barão que foi o primeiro dono da fazenda depois dos jesuítas era muito má e não podia ouvir choro de criança. Certa noite, ela escutou um neném chorando na senzala, com a mãe tentando fazê-lo calar, balançando ele no colo. E aí foi por trás, arrancou a criança dos braços dela e jogou dentro da fornalha do engenho.

Assim me contou uma vez Seu Aleixo. E foi numa dessas linhagens marcadas pela dor da humilhação que nasceu Soraia, bisneta de Tia Nhanhã e neta de Tia Afra e Seu Joaquim, ele um "bicho do mato", como diziam. Esses, pelo que apurei, foram os pioneiros. Bem depois é que veio a ocupação desordenada, que começou por uma daquelas partes mais altas da propriedade, que passou a ser chamada de Fazendinha ou Cheirosa, na época dos laranjais. Depois é que foram surgindo os outros aglomerados, sendo o primeiro a Mafuta, em referência à quilombola legendária, chamada Catarina, que teria resistido heroicamente à opressão.

Mafuta, cuja alcunha significava "gorda" em quicongo, sua língua natal, sofreu os piores castigos quando cativa. A esse suplício continuado respondia com cânticos místicos de invocação às suas divindades ancestrais, preparando corpo e mente para o inevitável embate:

— *Sarabanda pemba nungo. Sarabanda kimbansá. Lumba, lumbe, kuenda Nganga. Lube, lube, lube, ia...* — cantava ela, na noite escura de sua degradada condição. E cantava enquanto preparava os venenos que ensinava a ministrar e que matavam seus opressores aos pouquinhos, enfraquecendo-os, amolecendo-os, tirando suas forças, suas memórias e, por fim, suas vidas.

Certa madrugada, quando o velho major seu dono gritou por socorro, ao sentir e ver o sangue se esvaindo por todas as aberturas do corpo, os comandados da Mafuta viram que era a hora. A Sinhá Dona, a quem os pretos se referiam como "Pururuca", correu para o quintal, também aos gritos e se descabelando. E, impiedosamente degolada, foi a primeira vítima do pavoroso massacre, no qual filhos, agregados e empregados da fazenda sucumbiram nas mãos dos revoltados. Ato contínuo, Mafuta e seus seguidores embrenharam-se na mata, onde, abrindo diversas clareiras intercomunicadas, ergueram seus mocambos e organizaram o quilombo.

Esta foi a origem da favela da Mafuta, à qual se seguiram a da Arrelia, sinônimo de confusão; Pau Fincado, pela arquitetura; Para Quem Pode, pela violência; Vira e Mexe, pelo desregramento dos costumes; Roçona, em referência a uma antiga moradora, insaciável e escandalosa, que segundo a lenda seria dona de um harém de mocinhas desencaminhadas; e Palmeira, nascida ao redor de uma gigantesca palmeira imperial, centenária, cultuada como divindade.

Quem chamou a atenção para a palmeira foi o povo do jeje, quando chegou, tempos depois. Assim me contou Mãe

Agotimé, matriarca dessa nação do Daomé. Ela dizia que a palmeira era a morada de Revioçô. Que atraía os raios; e que era lá de cima dela que Revioçô distribuía os raios para fulminar os inimigos. Aliás, tinha gente que dizia que foi o povo do jeje que inventou o candomblé. Mas o povo de queto não gostava de ouvir isso, não. E essa disputa era motivo de muita inimizade. Diziam, inclusive, que Seu Doçu, o segundo do jeje, um dia alertou sobre muita coisa ruim que depois aconteceu. E avisou que se um dia a palmeira fosse derrubada, aí é que a coisa ia ficar feia mesmo.

Eu ouvia essas coisas em diversos lugares aonde ia, mas nunca dei muita atenção. No entanto, depois que cortaram a palmeira para levantar uma "casa de oração", parece que foi daí em diante que tudo virou de cabeça pra baixo.

A árvore era uma palmeira-barriguda, que os índios chamavam *macaúba*. Darbot a mencionou, e escreveu que os nativos não teriam desenvolvido nenhum conhecimento mais amplo sobre as plantas. Acho que aí ele errou feio. Porque tanto os quilombolas quanto os indígenas eram senhores dos mesmos saberes. Só que os antigos quimbandas, angolanos e congueses tinham muitos clientes brancos. E aí seus conhecimentos chegaram até Darbot, o que não ocorreu com os dos índios. Segundo o francês, por exemplo, a casca da sumaumeira, que os africanos chamavam *mufuma*, devidamente escaldada, era um santo remédio para a disenteria, diarreia e doenças uterinas. Já o mulungu, para eles *takula*, dava um chá que era tiro e queda no tratamento tanto da bronquite asmática como de inflamações do fígado e do baço. E mais: o chá de louro — *osserekê* — curava reumatismo, nevralgia e úlceras;

a erva-de-santa-maria — *kixirimba* — era abortiva; e a copaíba — *muxumbi* — era detergente, cicatrizante e curava a blenorragia.

Engraçado é que quando eu li, no Santos Gomes, todos esses nomes em língua de Angola, fui conferir com o Filipe. Mas ele estranhou um pouco:

— Ora, pois... *Takula* eu sei que é um pau de tinta... Não é da língua do meu povo, mas eu sei. Aliás, na minha língua, planta é *ochikula*; e *akulakula* é uma árvore de frutos silvestres... Mas queres saber de uma coisa? Queres? Pois eu acho que esse teu escriba não sabe nada de Angola, ó pá!

Só dei alguma razão ao controverso Filipe quando ele disse que, naquele momento, aquele tipo de conhecimento já não servia mais para nada. Quase toda a região de Marangatu tinha se transformado numa terra devastada, quase nada restando dos tempos antigos. E remédio de pobre era mesmo Melhoral, Cibalena, Leite de Magnésia e Elixir Paregórico.

6. IAIÁ

Soraia, em quem mais tarde os inimigos cravaram o epíteto Iaiá de Marangatu, eu conheci numa circunstância tocante. Minha mulher, numa madrugada de domingo, depois de, gulosa como era, ter exagerado na rabada com agrião, ensopada em inesgotáveis canecos de cerveja Malte 70, passou muito mal com uma crise hipertensiva. A pressão chegou a 24, ela começou a virar os olhos e entortar a boca; e eu tive de pedir ajuda a um vizinho. Naquela época, o telefone mais próximo ficava muito longe. Então, o vizinho pegou a bicicleta e, em menos de dez minutos, voltava trazendo, no quadro de seu singelo veículo de transporte, a salvação. Eu ouvia sempre muitas coisas sobre ela, mas imaginava outra figura.

Ela vestia roupas caseiras, mas se via logo que era uma mulher muito bem tratada e muito bonita. Uma morena de fechar o comércio. Alta, corpo muito bem-feito, cabelos bem tratados, sua presença perfumou a madrugada do sítio. Saltou da bicicleta, simpática e sorridente, parecendo certa de estar cumprindo um dever de solidariedade e boa vizinhança, mais do que profissional.

— Vamos ver a nossa doentinha — disse, com aquele jeito que tinha o povo da medicina, de tratar doente como criança, e já ajustando o aparelho medidor de pressão no braço de Amélia. E, depois de conferir os números, pediu um copo d'água e ministrou o medicamento hipotensor, animando: — Não é nada, já vai baixar. — A advertência, entretanto, veio em seguida: — Mas a neném tem que deixar de travessuras. Eu também gosto da minha rabada e da minha cervejinha; mas só de leve, de vez em quando. Como dizia o dr. Petrúcio, tudo que a gente gosta muito é sempre ilegal, imoral ou engorda. Então a gente tem que maneirar.

Doutor Petrúcio era um antigo político da região, sobre quem não havia meio-termo. Ou se odiava ou idolatrava, como Seu Aleixo, que não lhe economizava elogios:

— O maior político daqui dessas bandas foi o dr. Petrúcio: Petrúcio de Albuquerque. Esse era mesmo um homem com H maiúsculo; e foi o maior orador do Brasil naquele tempo. Tinha mesmo o dom da palavra. Uma ocasião teve um comício dele, aqui na praça, e eu fui ver. Me arrepio só de lembrar. Primeiro, pelo figurino. Ele subiu no palanque, com aquela cara de gato que tinha, vestido todo de preto, como um zorro, um mosqueteiro, sei lá. Usava um chapéu emplumado e uma capa que descia até o tornozelo; e por baixo da capa levava na cinta uma espada enorme, com o punho de marfim cravejado de brilhantes.

Depois, segundo Seu Aleixo, caiu a chuva de pétalas de rosas vermelhas, jogadas lá de cima das árvores da praça.

Por fim, a oratória dele, que era lendária. O velho dizia que foi ao comício justamente para conferir; e, como sabia um pouco de taquigrafia, levou um bloco e o lápis pra anotar tudo o que ele falasse. E, depois, decorou palavra por palavra.

— O homem era mesmo um tribuno, com aquele sotaque bonito de pernambucano. Escuta só; como ele falava: "*Ilustre povo marangatuera! Subo a esta conspícua tribuna para pleitear o sufrágio de vossas senhorias e respectivas consortes, filhos e afins. Venho movido pelos mais subidos propósitos de resgate da honradez e da decência, de há muito execradas em nossa urbes, comarcas, circunscrições e territórios. E pergunto: quem execrou os sacrossantos ideais democráticos e platonicamente republicanos, legados a nós e a nossos concidadãos por nossos ancestres longínquos, progenitores e genitores próximos? Quem soterrou no lodo abjeto da concupiscência a pureza lirial de nossa infância, puberdade, adolescência? Quem? Não fomos nós, foram eles. Sim, foram eles, os vampiros bicefálicos; abutres celerados; cérberos bárbaros; hidras macrocéfalas; crocodilos nilóticos; sicários atrozes; prestidigitadores da velhacaria, das artimanhas, dos embustes, da perfídia, da burla e da impostura...*"

Seu Aleixo se arrepiava só de lembrar. E eu também; pela capacidade mnemônica do velho.

Petrúcio de Albuquerque. Político nordestino. Sua liderança fora construída a partir do município de Pilar, com a exploração da violência e do clientelismo. De lá, ele se aliou a partidos de esquerda para chegar ao governo do estado do Rio. Mas entrou em rota de colisão com o então governador, membro da oligarquia dominante e seu ferrenho adversário. Então, segundo se dizia, encomendou o fim do inimigo a um inescrupuloso feiticeiro, que executou o trabalho com sucesso, causando impacto nacional, pois o morto era um político ainda jovem e de grande futuro, naturalmente fadado à Presidência da República. E Seu Aleixo sempre lembrava.

— Político foi Petrúcio, o resto é conversa-fiada. — Seu Aleixo não o esquecia. — Imagine o senhor que, um dia, um político lá em Maximbombo fez uma maternidade e botou o nome de Pai Nosso. Todo mundo achou aquilo esquisito, um despropósito. Podia botar o nome de Nossa Senhora do Parto, Nossa Senhora das Dores, Nossa Senhora da Luz. Ou de uma das antigas parteiras do lugar; e tinha muitas, como Dona Julieta, que era formada, mas ninguém gostava; e Vó Lucinda, que era rezadeira e ficava sendo madrinha de todas as crianças que "aparava". Mas ele botou o nome de Pai Nosso. Aí as mulheres reclamaram, fizeram abaixo-assinado e tudo.

Então, conforme o nosso carpinteiro, o assunto chegou à Câmara dos Vereadores. Chamado às falas, o tal político justificou. Disse que nunca teve mãe. Que quem o pariu foi o pai, e aí veio a prova. O pai dele era... hermafrodita. E tinha concebido o filho por reprodução celular associada, como explicou um obstetra e ginecologista do Hospital Iguatu. Disse o cientista, em entrevista ao jornal *Correio da Lavoura*, que é uma forma de concepção em que o próprio organismo produz uma cópia de si mesmo sem precisar de ajuda de outra pessoa.

— Eu achei isso muito esquisito, mas o povo acabou engolindo e deixando pra lá — concluiu Seu Aleixo. — Político igual a Petrúcio de Albuquerque não tem mais não, meu amigo.

Da mesma forma que Petrúcio, Soraia, como eu fui sabendo com o tempo, era uma figura também polemizada; e tinha uma história importante, pelo menos do meu ponto de vista. Registrada com o sibilante nome Soraia dos Santos Sacramentos, nascera na zona sul carioca, na favela da Praia do Pinto, filha de Pedro Melodia, violonista, compositor e cachaceiro, como era apresentado pela filha, e de Odete, moça pequena e gorducha, mas com um rosto muito bonito, como eu vi num retrato.

Semialfabetizada, Odete ganhava a vida trabalhando em casas de família. Quando chegava ao seu barraco, de volta do trabalho, lavava e passava roupa até tarde. O que fazer com uma criança pequena quando se trabalha o dia inteiro? Além disso, Odete gostava muito de se divertir e, abandonada por Pedro, tinha diversos namorados.

O nome Soraia foi dado à filha por conta da enorme popularidade da bela princesa Soraya, do Irã, que casara com o xá da Pérsia três anos antes do nascimento da menina. Um verdadeiro conto de fadas, o casamento iraniano; a noiva trajava um vestido criado pelo costureiro Christian Dior, de lamê cravejado de pérolas e enfeitado com plumas de cegonha; o local da cerimônia foi decorado com uma tonelada e meia de finíssimas flores de diversas qualidades, importadas da Holanda; e a festa teve como principal atração um circo de cavalos levados de Roma. Mas, logo depois, Soraya teve que abdicar da condição de rainha, pois não podia ter filhos. Aí, o xá casou-se com outra princesa. E o nome da nossa Soraia, em casa, para facilitar, já tinha sido abreviado para Iaiá.

No ano seguinte ao nascimento da menina, em um triste agosto, iam-se para debaixo da terra, com o cadáver do presidente da República, os grandes sonhos de um país forte, econômica e culturalmente independente, justo, igualitário, instruído, educado, saudável, bem-disposto, transbordante de alegria. E, uns dois anos depois, nascia Paulo dos Santos Sacramentos, irmão de Soraia. Parecia um indiozinho; e, como seria muito parecido com o avô, todos o viam como descendente dos antigos índios de um lugar distante no estado do Rio chamado Marangatu, onde a família teria começado.

Passados alguns anos, a menina Soraia — em casa, Iaiá — ingressava na escola do Lar Irmã Ruth, instituição de orientação espírita kardecista, na senhorial rua Marquês de São Vicente. Estudando em regime de internato, passando em casa apenas os fins de semana, a menina ia aprendendo as primeiras letras para, em seguida, estudar linguagem, aritmética, conhecimentos gerais, educação moral e cívica. Tinha também aulas de saúde e higiene, na qual lhe eram transmitidos conceitos como os de seleção das pessoas mais aptas e bem-dotadas em cada grupo, ações para tornar o Brasil um país de gente mais saudável, mais forte e mais bonita. Soraia, coitada, não entendia quase nada daquilo, mas copiava as lições com capricho, no caderno encapado de papel fino na cor solferino, como exigia a professora de sobrenome alemão. E tudo isso sem jamais saber quem arcava com as despesas de sua instrução.

— Tem que estudar, menina! Tem que estudar. Agora, eles estão tacando fogo nos barracos todos das favelas. E os mendigos, os indigentes estão sendo afogados no rio.

— É mesmo, tia? Onde é isso?

— Onde é? É lá perto de onde mora tua avó, Iaiá. No rio Guandu.

— E a senhora ainda quer que a gente vá morar lá?

— Mas nós não somos mendigos. Nem favelados. Mas se você não estudar, acaba virando. E aí, ó! Babau!

Com a capital do país transferida para Brasília, a cidade do Rio de Janeiro, antigo Distrito Federal, passou a constituir um estado. A Polícia Militar, que era do Distrito Federal, passou a ser chamada Polícia Militar do estado da Guanabara. No restante do território fluminense, a corporação continuou com o nome que ostentava havia quase meio século, Polícia Militar do estado do Rio de Janeiro.

Pouco tempo depois, um truculento golpe militar. Os sonhos do presidente morto dez anos antes eram sepultados. Os capitais espoliadores, armados pelo imperialismo, sufocavam os últimos anseios de independência.

Naturalmente alheia a isso, no alegre frescor de seus 10 anos de idade, Soraia revelava-se uma menina estudiosa. Aprendia com facilidade. Curiosa, queria saber de tudo. Fazia muitas perguntas. E, diante de um problema, procurava modos e meios de tirar vantagem da situação.

Quando repreendida por um erro, magoava-se bastante. Mas logo se recuperava, voltando ao seu jeito alegre e brincalhão. Menina e moça ao mesmo tempo, demonstrava força mediúnica. E de vez em quando era surpreendida em "conversa" com amigos invisíveis.

Assim, foi pela primeira vez, com a mãe, visitar a avó paterna, Dona Oscarina, moradora da Fazendinha, em Marangatu. Para revê-la e estar perto do pai, Pedro Melodia, *poeta, boêmio e irresponsável*, mas de quem ela gostava muito e a quem devotava sincera admiração.

Do trem da Central, linha 32, Japeri, atenta ao ritmo da incrível batucada produzida, na velocidade, pelo entrechoque das rodas e ferragens, a menina via e gravava as imagens do trajeto, nomeadas pela mãe: a Quinta da Boa Vista, o estádio do Maracanã, a favela do Esqueleto; o jardim do Méier; a estação de Todos os Santos; a gare do Engenho de Dentro; a faculdade da Piedade; o coreto de Quintino; o colégio Souza Marques; o Teatro de Madureira; o samba de Oswaldo Cruz; a gafieira Cedofeita; os quartéis de Deodoro; o cemitério de Ricardo de Albuquerque onde jazia o dr. Jacarandá, de tantas histórias na família... Até que adormeceu e sonhou.

A pequena acordou assustada, despertando a mãe que também dormia. Acordou com um sino batendo. E a realidade era uma cancela fechada sobre uma ruela de valas negras e capim alto, o trem avançando devagar e parando na estação: Marangatu. E não lhe saía da cabeça o sonho, como depois contou à mãe:

— A paisagem parecia a da folhinha do Armazém São Jorge, do Seu Manoel Dentinho, que nós ganhamos naquele ano e ficava na parede da cozinha. Debaixo de um céu muito azul, sem nem uma nuvenzinha pra atrapalhar, eu via um enorme campo de trigo, como depois eu soube. Eram milhares, milhões de longos e finos caniços amarelados e espigas douradas nas pontas, balançando assim, mansamente, pelo sopro da brisa que vinha do mar e seguia em direção àquelas montanhas lá embaixo.

Soraia sonhava... Em seguida, era o imenso campo de girassóis, muito amarelos, sobre um tapete de folhas verdes, da "folhinha" na parede. E lá dentro dele, o homem estranho: branco, muito branco, a barba cerrada, o chapéu de palha na cabeça, deixando entrever o curativo na orelha direita, os olhos claros, muito claros, arregalados, fitando a menina como um louco, ardendo de desejo.

— Sim, era um louco, me olhando sem piscar, como um tarado. Eu queria fugir com o olhar, mas não conseguia.

Então, Soraia observou que o louco tinha na mão uma tabuleta, onde se lia o convite: "Venha para o Jardim dos Girassóis — lotes em 60 prestações."

7. MIGRAÇÕES

O convívio com Seu Aleixo Carpinteiro e com outras figuras locais me fazia gostar cada vez mais do sítio; ou *chácara*, como dizia o Paulista. E a tranquilidade local me estimulava a mergulhar na história da região, da qual eu estava me tornando quase um especialista.

Nas últimas décadas do século XIX — eu aprendia — era já significativa a presença de imigrantes italianos na região de Marangatu. Por esse tempo, Vicenzo e Angelina contraíam matrimônio, tornando-se o primeiro casal da comunidade a promover entrelaçamento nas famílias de imigrantes, fator decisivo para o enriquecimento e a conservação do patrimônio entre os *oriundi*.

Alegres e comunicativos, os italianos realizavam festas com música e dança nos aniversários e principalmente no Natal, momentos em que as famílias Bertoni, Cossenza e Graziani se destacavam. Foi aí que Marangatu conheceu o macarrão.

Antes dos italianos, Seu Aleixo diz que comida de domingo era rabada com agrião.

— No sábado, meu pai ia buscar no matadouro, onde rabo de boi era dado quase que de graça pros mais pobres. Aí, em casa, minha mãe limpava bem limpinho, tirava toda a gordura e cortava em pedaços, nas juntas. Depois, deixava de vinha-d'alho — no molho de vinho, alho, cebola, tomate e pimenta do reino — até o dia seguinte. Aí, tirava da vinha-d'alho, refogava na gordura quente até dourar. Então, tapava a panela e cozinhava em fogo brando, juntando depois as rodelas de batatas. Quando até as carnes se soltavam dos ossos, minha mãe apagava o fogo. E, quase na hora de botar na mesa, juntava o agrião. Meu patrão! Não gosto nem de lembrar. Mas depois, com os italianos, veio o macarrão, o talharim, a goela de pato... Massa também era barato; e caiu bem no gosto do povo daqui.

Por esse tempo, três calabreses, passados os maus momentos iniciais no Brasil, e sendo já sócios na atividade de carvoaria, arrendavam terrenos nas matas para fazer carvão. Pouco tempo depois, Giácomo Cossenza fundava a primeira fábrica de massas para macarrão. Seguindo-se a ele, Giuseppe Graziani instalava o primeiro estabelecimento de torrefação e moagem de café. Enquanto Luigi Cappelletti, menos vitorioso, arranjava emprego numa fábrica no longínquo Jardim Botânico carioca.

Mas Cappelletti conheceu o amor; na pessoa de Cremilda, com quem se amasiou e foi feliz. Juntando as economias, o casal mais tarde conseguiu comprar um sítio no Murucu; e nele instalou o terreiro de Vó Maria Conga, onde o italiano era o diligente pai-pequeno de sua mãe Cremilda.

Meu amigo Fraga, escritor redescoberto aqui na região, depois de ter sido famoso por um livro publicado nos anos 1940, não simpatizava muito com os imigrantes. Com o seu jeito mal-humorado e falando como os personagens marginais de seus escritos, um dia me externou seu polêmico ponto de vista:

— A jogada é a seguinte, meu camarada: com a abolição do cativeiro, a agricultura virou uma esculhambação. Aí, a crioulada da roça veio pras cidades, engrossar o caldo da miséria. A República, em vez de botar eles na lavoura, preferiu trazer os brancos da Europa, pra limpar a raça. Então, além de tomar o lugar dos crioulos na lavoura, os "das Oropa", nas cidades, também tiraram os pretos da jogada, passando a fazer o que eles faziam. Aí já viu, né? Pros crioulos sobrou só o bagaço da laranja.

Realmente, o fim da escravatura acabava de arruinar fazendas e engenhos. E isto levou à transferência da principal sede política da região para Maximbombo, elevada à condição de vila. Aí, outro contingente de imigrantes começava a chegar, compondo um grupo de nacionalidade difusa, notabilizado, na observação popular, principalmente pelas bocas cheias de dentes de ouro e os dedos, de ambas as mãos, cheios de anéis.

Nos meus estudos, venho aprendendo que os imigrantes dessa origem, hoje referidos como sírio-libaneses, eram antes indiscriminadamente conhecidos como *turcos*, embora não viessem da Turquia. Eram chamados assim porque vendiam mercadorias a prestação de porta em porta; e depois *sírios*, quando abriram os primeiros armarinhos, que eram de uma portinha só; onde eles passavam o dia sentados nas calçadas, tomando conta da vida dos moradores.

— Hoje, eles têm carro, loja em Campo Grande, apartamento em Copacabana e são donos de quase tudo aqui, inclusive da política e da escola de samba — criticava Seu Aleixo; que neste caso pecava pela generalização.

O velho Maruf e Dona Samira, por exemplo, chegaram ao Brasil no fim do século XIX. Vieram solteiros, cada um com seus pais e irmãos, e se encontraram aqui, onde se casaram. A família dela era Mattar. Com o casamento, ela perdeu o sobrenome; e os filhos e filhas também. Mas, como foram todos se casando com pessoas da mesma origem, ramificaram seus laços familiares com sobrenomes diversos: Abdala, Ibrahim, Khalil, Chaib, Nicolau, Chaia... e até Mattar, de novo. São todos primos.

Seu Maruf começou vendendo artigos de armarinho — botões, fitas, rendas, sinhaninhas, elásticos, sabonetes, miudezas — de porta em porta. Dali a pouco já tinha a lojinha de uma porta só. Como os Khalil já eram especializados na venda de tecidos, os Chaib se dedicavam ao ramo de confecções, e os Ibrahim, entre um elástico e um dedal, iam multiplicando seu capital graças ao simpático jogo do bicho, inocente brincadeira carioca que já tinha chegado a Marangatu.

A família dos turcos era de homens valentes. Tinha o Tuma, corpulento, quase 2 metros de altura, cabeça grande e olhos esbugalhados. Ele é que resolvia os *problemas* da família. E, para tanto, passava o dia inteiro percorrendo a praça e as ruas vizinhas, indo e voltando, procurando briga. Mas quase não achava, porque ninguém era bobo de se meter com um cara daqueles. Já o velho Maruf, um turco baixinho e careca, passava o dia inteiro na porta do armazém, que ele chamava de bazar, fumando narguilé. Havia também o Faraj, um velho maluco que tinha sido, segundo diziam, oficial do exército de Kemal Atatürk e, de vez em quando, vestia a farda com espada e tudo e saía à rua, assustando a criançada.

Isso, segundo Seu Aleixo, os mais antigos é que contavam. Como contavam de Jamila, filha dessa mesma família, uma turca muito moça e bonita que tinha ataques de loucura. E, quando isso acontecia, ficava nuinha e corria para a rua, exibindo o corpo estonteante, perfeito, ancas poderosas, seios redondinhos, mamilos rosados, o púbis inchado e cabeludo, a pele muito branca contrastando com os cabelos muito pretos, aquele olhar desvairado sob as longas pestanas. Quem sabia dessas histórias eram os mais velhos. Eles garantiam que Jamil Jorge, o caçula da família, tinha nascido dela, filho de pai ignorado, certamente um dos muitos que a bela enfeitiçou; um homem que ela, por absoluta incapacidade mental, jamais soube apontar quem era. E contavam também a história de outro parto da infeliz Jamila:

— Inventaram que o neném tinha nascido morto. E enterraram às pressas. Mas não foi isso, não. Nasceu foi muito feio, com o corpo dividido ao meio, um lado branco e o outro preto. Coisa de feitiço, só podia ser! Eu que tirei a criança e vi, com estes olhos que a terra há de comer. Coisa horrível! Aí, tomaram aquilo da minha mão, levaram não sei pra onde, pagaram meu serviço e me mandaram fechar o bico. Agora é que eu posso falar... era um monstro: branco, branquinho, de um lado do corpo, e preto do outro.

Dona Julieta não era parteira, e sim *obstetriz*, formada pela Escola Ana Néri, como fazia questão de dizer. E sua palavra merecia respeito. Até de Vó Lucinda, que era madrinha de muita gente daqui e de acolá. Gente que ela tinha ajudado a dar à luz. Desde a virada do século, quando começou a chegar o povo do candomblé.

Quando chegou, o povo do candomblé foi se estabelecendo a partir do local onde antes ficava o quilombo da Mafuta. Quando eles chegaram, antes do tempo das laranjas, as terras de Marangatu ainda não tinham sido loteadas. Eles entraram bem pra dentro da mata, na encosta da serra, e foram preparando o lugar. Eram umas dez a quinze pessoas, e vinham só nos fins de semana. Derrubaram algumas árvores, tendo o cuidado de manter de pé a maioria delas; abriram uma grande clareira, capinaram, roçaram e começaram a levantar, no centro do terreno, uma casa de estuque, ampla e quase sem divisões internas. E, depois, umas casinhas pequenas mais para os fundos. Como construíram à moda deles, Seu Aleixo, quando contava, botava defeitos. Principalmente no mastro alto que eles fincaram no chão com uma pequena bandeira branca na ponta. E, segundo o velho, todo fim de semana lá vinham eles, todos de branco, e as mulheres com turbantes na cabeça.

Até que chegou o dia da inauguração. E, pelos reclames que distribuíram, impressos num papel barato, mas direitinho, o pessoal ficou sabendo, mesmo sem entender muito bem, que a novidade era um terreiro de macumba, onde tudo se escrevia de maneira atravessada: Casa era *ilê*; *orixás* eram as entidades que eles recebiam; e os tambores do batuque eram *rum*, *rumpi* ou *ilú*, sei lá. Mas a festa de inauguração foi muito bonita, com muita cantoria, comida farta e muita alegria. Tudo dentro do maior respeito, como contavam os mais velhos.

O "ilê", como ficou conhecido, era um dos candomblés que os descendentes dos antigos baianos lá da Cidade, da Gamboa, da Saúde e do Cais do Porto, em busca de espaços livres, com matas e rios próximos, tinham vindo buscar na roça, no estado do Rio, onde tudo era natural, até a venda de fogos e foguetes, proibida pelo governo lá embaixo.

Bons tempos, aqueles! Tanto que um dos mitos de origem do repertório de Seu Aleixo dizia que, no princípio, bem no iniciozinho, os rios de Marangatu eram rios de água doce, mas doce mesmo. Por isso a laranjada era feita só com a água corrente, não precisando de açúcar nem mais nada. Eram tempos abençoados, em que ninguém precisava plantar nem colher, pois até os peixes saltavam dos rios, vindo se oferecer para serem fritos; e paca, tatu e cotia também vinham, de bom coração, prontinhos para a grelha. Potocas do carpinteiro, que logo corrigia o rumo da conversa:

— Nos primeiros tempos já tinha aqui os italianos. Mas família nossa, mesmo, eram só quatro: a de Seu Matias e Dona Claudina, de Seu Lindolfo e Dona Ernestina, de Seu Simão e Dona Dioclécia; e Dona Menina e Seu Veríssimo. Eram só esses, pois a avó da Soraia veio depois. Cada casal teve oito filhos, sendo quatro homens e quatro mulheres. Esses 32 filhos dos quatro casais, sendo dezesseis rapazes e dezesseis moças, todos se casaram entre si e geraram mais 256 filhos, sempre metade homens e a outra metade mulheres.

Assim, durante muito tempo, segundo a mitologia local, na população da *planície* — a serra e os morros eram outro universo —, todas as pessoas seriam, de uma forma ou de outra, aparentadas, como no núcleo dos turcos. E como teriam se casado primos com primas, tios com sobrinhas, sem nenhum cuidado ou receio de nada, as proles foram vendo nascer, em seu seio, muitos gêmeos, anões e gente aleijada, principalmente com sete e até nove dedos em cada mão. Mas todo mundo forte, gozando de boa saúde, como eles próprios diziam, se benzendo. E todos davam graças a Deus, principalmente quando começaram a ser empregados na construção de estradas e na realização das obras de saneamento e drenagem que revalorizaram as terras, voltando a atrair o interesse dos velhos proprietários e de novos interessados. Aí, começaram a surgir os loteamentos.

8. LARANJAS

Minhas conversas com Soraia também foram bastante úteis, apesar de sua genealogia confusa. Dizia ela que, segundo sua mãe, um dia a pequena família de sua bisavó, Dona Afra, foi morar na Piedade, zona norte do Distrito Federal, seguindo seu Joaquim, que conseguira emprego na Fábrica de Açúcar. Instalaram-se num cortiço, onde os imigrantes portugueses eram maioria. Mas Afra, apesar de estranha ao ambiente e muito nova, era ambiciosa e queria ser independente; assim, aos 13 anos de idade, ganhou a rua, buscando a subsistência. Entretanto, a morte da matriarca Dona Nhanhã marcou o início de uma fase ainda mais difícil. Abusada pelo padrasto Joaquim, a filha mais velha de Afra, chamada Osvaldina, foi morar com a tia, Eulália, na casa dos patrões dela, no Catete. Mas não deu certo. Assediada pelo filho da casa, rapaz que Tia Eulália tanto protegia, Osvaldina fugiu e foi pra rua, onde começou a fazer coisas erradas. Com 17 anos, deu à luz Odete, a mãe de Soraia. Trabalhando como doméstica,

Odete se amasiou com Seu Honório, e foi morar na Praia do Pinto. Genealogia complicada!

Com o início da Era Vargas, as reformas promovidas pelo interventor federal no estado do Rio trouxeram melhoramentos como a pavimentação das estradas e a limpeza dos rios. Antes, o advento da citricultura tinha encontrado as terras férteis da região de Marangatu prontas para sediar o aromático e suculento ciclo da laranja. Além do melhoramento dos caminhos por onde se escoava a produção, criaram-se novas ruas e praças, limparam-se os rios, e reformou-se a estrada principal que levava à estação ferroviária. Assim, Marangatu, junto com outras localidades vizinhas, sediou o maior polo produtor de laranjas do país, exportando principalmente para Europa, Argentina e Estados Unidos.

Seu Aleixo tinha boas lembranças desse tempo:

— As laranjas colhidas nas fazendas eram levadas nos caminhões para serem despejadas nos armazéns, que ficavam na estação do trem. Lá, eram encaixotadas e distribuídas pro mercado e pro cais, de onde iam pro estrangeiro, pra exportação. Eu era moleque e chupava laranja direto, escolhendo sempre as mais docinhas. Virei um especialista. As sobras dos caixotes e dos pregos, os homens do armazém davam pra gente, eu e outros moleques, fazer nossos brinquedos. E as sobras do papel fino em que eles embrulhavam as laranjas, papel bom, importado do estrangeiro, a gente pedia pra colar os pedaços e fazer pipas e balões no São João.

Esta conversa acontecia no Flor de Benguela. E então, como de hábito, começaram a aparecer os citricultores de botequim, querendo demonstrar conhecimento:

— Existem vários tipos de laranja. As doces: laranja-lima, laranja-pera, laranja-baía, que é a laranja-de-umbigo; laranja-natal, laranja-seleta... Tem a laranja-azeda ou amarga, que é a laranja-da-terra, mais usada pra fazer doce. Tem vezes que a laranja-pera fica azeda de doer nos dentes... E tem a laranja-melancia, que é a toranja. E tem ainda a laranja-mimosa, uma espécie de tangerina, que também leva o nome de laranja-cravo. A laranja-lima em alguns lugares é chamada de laranja-serra-d'água.

Aí, o Filipe, no meio dos cachaças, era tocado em seus brios angolanos:

— É... Mas no Brasil não tem *maboque*. E garanto que ninguém aqui sabe o que é.

— Maboque é uma marca de cerveja — interveio um pinguço. — Nós estamos falando é de laranja.

Filipe Munganda, sempre superior, riu da ignorância do biriteiro. E explicou que maboque é o fruto da maboqueira, planta de nome científico *Strychnos spinosa*, natural dos planaltos do sul da África, muito apreciada em Angola. Seu fruto, amarelo-alaranjado quando maduro, tem a casca dura, mas gomos sumarentos de gosto agridoce, muito apreciados.

A plateia estranhava a explanação do Filipe sobre a laranja de Angola, e mais ainda o latim que ele gastava. É que pouca gente sabia que ele, como outros africanos radicados em Marangatu, era formado em agronomia pela Universidade Campestre; mas, não tendo conseguido sucesso na carreira, passara a ganhar a vida, a contragosto, como *taberneiro*. E por isso era mal-humorado e teimoso, como foi nessa conversa, querendo provar que o maboque era um tipo de laranja, quando não era bem assim.

O povo local conhecia laranja. Sobretudo os mais velhos, que viveram num tempo em que toda a região cheirava a laranja e o nome Marangatu ficou conhecido até no estrangeiro. Havia fazendas, havia moradias pobres, mas não havia favela. Favela veio depois. Os pobres moravam em barracos, mas tinham seu quintalzinho, seu espaço: não era favela.

Nesse tempo — e isso era um tema recorrente —, o Brasil foi um dos maiores exportadores; graças principalmente aos laranjais de Marangatu e aos "barões laranjeiros" com seus sonoros nomes e sobrenomes italianos. Mas veio a Guerra; e os países da Europa, mais preocupados em produzir armas do que em chupar laranjas, pararam de importar. Então, as laranjas começaram a apodrecer nos pés.

— Mas um químico pensou: já que a gente não vende a laranja, por que não espremer, tirar o caldo, engarrafar e vender? Dito e feito. O povo gostou, o suco de laranja começou a fazer sucesso. Mas aí veio a tal da Coca-Cola e acabou com a farra.

Não lembro bem de quem veio essa intervenção. Mas quem falou, disse certo. A Coca-Cola cumpria uma expansão mundial quando chegou ao Brasil. A primeira fábrica foi instalada na zona norte do Distrito Federal, no bairro de São Cristóvão. Logo depois, foi aberta a primeira filial, em São Paulo, e um pouco mais tarde inaugurada a segunda fábrica carioca, iniciando o sistema de concessão de franquias em todo o país. Antes, tinha sido lançada em Portugal, onde o poeta Fernando Pessoa criou o slogan de lançamento: "Primeiro, estranha-se. Depois, entranha-se."

Esse "entranha-se" parece que não caiu bem. Pois as autoridades portuguesas embargaram a fabricação, por acharem que a bebida viciava.

— O diretor de Saúde de Lisboa mandou apreender o produto existente no mercado e deitá-lo ao mar. — Filipe conhecia o assunto e ilustrava a roda com seus conhecimentos e o brejeiro sotaque. — Ora, pois! Se do produto faz parte a coca, da qual se extrai a cocaína, um estupefaciente, a mercadoria não podia ser vendida ao público, para não intoxicar os bebedores. E se o produto não continha coca, então anunciá-lo com esse nome seria uma burla, o que igualmente justificava que ele não fosse permitido no mercado.

Mas o impasse português parece que se resolveu a contento. Afinal, o poeta era um fingidor; fingia tão completamente que chegava a fingir que a Coca era estupefaciente.

Quanto ao suco de laranja engarrafado, este já existia, fabricado pela empresa Orange Crush Company.

— *Crush* é um termo da língua inglesa que significa "esmagamento" ou "colisão", na tradução literal para o idioma português. É uma onomatopeia, ou seja: uma palavra com muitas pernas.

Filipe era um poliglota confuso. E *crush*, como gíria, tinha ainda o sentido de atração sexual, gamação, fissuração por alguém. E a propaganda, orientada nessa direção, acabou com o sonho marangatuera de termos, naquela altura, um refrigerante autenticamente nacional à base de laranja. Entretanto, em represália à "sanha imperialista dos trustes internacionais" — como gostava de estampar o jornal *Novos Rumos* —, os habitantes de Marangatu, e mais tarde de todo o estado do Rio, importaram de Minas Gerais o Mate Couro, o rebatizaram como "Mineirinho" e elegeram esta bebida, mais gostosa e mais saudável, como o seu refrigerante oficial.

— Eu, hein?! Mate Couro... Nome esquisito...

— A base é o chapéu-de-couro, rapaz.

— A erva?

— É. A erva, sim. Também chamada chá-da-campanha, erva-do-brejo...

— Ah! É um santo remédio.

— Cura ácido úrico, reumatismo, artrite e até sífilis.

— Espera aí! Isso aqui é um boteco ou uma tenda de curandeiro? Ô, Filipe, bota mais um *simulambuco* aqui pra mim. Enche o copo. E passa a régua!

Marangatu bebia pra esquecer. E, nesse pé, enquanto as favelas cresciam e se multiplicavam subindo as encostas, no sopé, às margens do rio e da estrada de ferro, expandia-se, em conexão com ela, o povoado, o lugarejo, a futura cidade comercial. Avançava o processo de loteamento das terras das antigas fazendas; os empreendimentos imobiliários iam ganhando nomes românticos, como Vila Formosa, ou de homenagem a familiares dos antigos latifundiários, como Vila Bambina, Vila Nona, Vila Raquel, Vila Sara, Vila Khalil.

Numa esquina, a barbearia do Seu Luiz (o Luigi, um italiano de maus bofes); adiante, a farmácia do Seu Loureiro, um português gordo e bonachão, sempre envergando o guarda-pó alvíssimo; o botequim do seu Costa; o armazém do Nonô e de seus irmãos Tutu e Zezé, todos solteirões — "Tutu, Nonô e Zezé, vê se arranja uma mulher", o coro dos moleques sacaneava. E tinha o armarinho da Lídia, filha do turco Habib; a padaria, o açougue, a serraria do Seu Khalil e seus dois irmãos (Khalil, Khalil & Irmão Ltda.). A serraria começou só vendendo tábuas, ripas, sarrafos, pernas de três, além de pregos, parafusos, porcas e ruelas. Daí, Seu Khalil estendeu o negócio para ferros e todo tipo de ferramentas, em especial as usadas na construção de casas. Então, com a compra de lotes ao redor, o sírio montou um grande depósito onde armazenava os tijolos, telhas, sacos de cimento, de cal, e as latas de tinta que vendia primeiro em pequenas quantidades e depois em grandes volumes, e pelos quais os fregueses pagavam a prestação. E Seu Aleixo não perdeu a deixa:

— Tudo muito bom, muito bonito, muito direito. Mas os espíritos dos índios não estavam gostando nem um pouquinho desse progresso. Eles se reuniram na mata lá em cima, na cratera do vulcão, e fizeram seu ritual macabro. Aí, de uma hora para outra, começou a aparecer uma praga, que foi matando os laranjais um por um. Era a praga da mosca-do-mediterrâneo, que apodrecia as laranjas antes de amadurecer. Tanto que quando os índios voltam, no carnaval, o ar fica empesteado, com aquele cheiro de laranja podre.

Por força ou não dos espíritos indígenas, a Guerra tinha trazido, de forma repentina, o fim do cultivo e da exportação da laranja. Aí, vieram os loteamentos, as favelas, a pobreza. E as muitas tentativas de desalojar os núcleos favelados, que resistiam de todos os modos, possíveis e impossíveis.

— Só se considera possuidor aquele que tenha de fato o exercício, pleno ou não, de algum dos poderes inerentes à propriedade, cidadão!

— Nós tamo aqui desde o tempo do nosso bisavô, moço! Nós *somo usocampião*!

— Campeão porra nenhuma, crioulo! Tu nunca ganhou nada. Nem tu nem esses *bugre* aí.

— Cacique Apinajé tomou conta aqui depois de pai dele, que era filho...

— O proprietário tem o direito de reaver o poder sobre a sua propriedade de quem injustamente a possua ou detenha.

— Mete logo a porrada e taca fogo nesses barracos, doutor!

— É justiça! Justiça que manda fazer o senhor destas terras...

— Ih! O fogo tá lambendo tudo! Ai, meu pai Xangô!

9. ESPECULAÇÕES

No ambiente rural, a especulação fundiária e o sistema de grilagem — antiga prática de forjar documentos para apropriação fraudulenta da terra — intensificavam a migração dos camponeses para as cidades, acelerando o desordenado crescimento das periferias e o aumento da favelização. Assim, Marangatu e seus arredores começavam a ser ocupados por migrantes de outras partes do país, em busca de trabalho nos poucos estabelecimentos industriais existentes em Maximbombo e Tabatinga. A ocupação se fazia de forma caótica, como me contou certa vez Dona Rosa, uma das pioneiras. Então começaram os barracos.

— Eles iam surgindo, todos iguais. De chão batido e cimentado, estuque, telhado de zinco, sem rede de esgoto, sem eletricidade... E água encanada, telefone, nem pensar. Mas cada um ia tomando suas providências, puxando um fio de luz lá de fora, abrindo um poço, capinando em volta; e construindo a fossa. Mas tinham quintal, árvores, verde, sombra, dava pra plantar uma hortinha. Havia espaço. E o comércio não era longe.

Dona Rosa lembrava de detalhes.

— Com o tempo foi chegando mais gente, mas nem todos tinham capricho. A sujeira escorria pela vala até o rio. Mas meu pai tinha gosto; o quintal era bom, com árvores, frutas, sombra, sossego. Sombra e água fresca, como se dizia. Mas nem todas as lembranças são boas.

E Dona Rosa não disfarçava o desalento com o curso da história:

— Não tinha nada dessa confusão de becos e vielas que vieram depois. Todo mundo tinha uma criaçãozinha pra comer nos domingos e nos dias de festa. E como o armazém do Seu Acácio, um português boa-praça, não salgava o preço, não abusava, meu pai logo abriu o caderninho pra comprar e pagar no fim do mês. Depois vieram outras vendas e quitandas, de portugueses também, e eles eram a salvação dos moradores. Naquele tempo tinha mais solidariedade.

Dona Rosa se emocionava ao fazer seu relato:

— Quando não tinha dinheiro, a gente podia comprar duas batatas, uma cebola, uma caneca de arroz, um dente de alho, meio pão, um punhado de farinha, duas bananas... E a vizinhança tinha um telefone, daqueles de manivela, que era justamente no armazém, na subida da ladeira. Como meu pai era bom pagador, o negociante deixou que ele desse o número pras emergências e assuntos de trabalho. Então, quando telefonavam, Seu Acácio gritava lá de baixo: *Seu Jorge, telifone*!

Por essa época, verificou-se uma nova migração de casas de santo, como aquela que trouxe o polêmico ilê, tempos antes. Agora, era o pessoal que se dizia do candomblé de angola; que chamava "casa" de *inzó*, orixá de *inkice* e tambor de *ngoma*. Mas o Filipe, quando ouviu essa história, se queimou:

— Isto é um equívoco! Em Angola nunca teve essa coisa de candomblé. Os gentios cultuavam lá seus ancestrais, mas candomblé!? Qual!...

Entretanto, com suas roças bem organizadas, o povo do angola passou a atrair também fiéis e curiosos, até mesmo das classes mais abastadas, principalmente lá de baixo da Cidade. Eram famosas as festas, pela exuberância das vestes rituais, pelos ritmos e danças e pela culinária. Terreiros como os de Tia Miliana e de João Malanga; a Casa Grande do Murucu, com o axé do legendário Alabedé; apoiados de longe por casas como as de Pai Joquinha de Iroco, a de Rúbio Confete; e principalmente a do afamado Seu Zé Torrôzu, consolidaram seus nomes. E, como sempre, com o candomblé veio vindo o samba.

Numa das comemorações natalinas, um grupo de moradores da favela da Palmeira resolveu formar um bloco para sair no carnaval.

— No dia de Natal, no dia mesmo e não na véspera, na casa de Seu Dunga e Dona Ernesta, casal de baianos do candomblé, muito festeiro, depois do almoço, com as sobras da ceia, a turma, naquela de curar a ressaca bebendo só cerveja preta, começou a batucar, tocar e cantar. — Quem assim me contou foi Seu Pedro Melodia. — Eu, como sempre, tinha levado pra lá o violão, o "companheiro dileto", enfiado na capa de brim marrom. E aí, tirei-lhe a roupa e harmonizei a cantoria. Surdo, pandeiro, cuíca, chocalho, isso tudo Seu Dunga tinha em casa. E botou à disposição da turma. Assim, quando o samba ficou redondinho e todo mundo já estava bem brameado, fomos pra rua, cantando, tocando e dançando. Os vizinhos, vendo e ouvindo aquele samba gostoso, foram se chegando e entrando no bloco. Que percorreu uns quatro quarteirões, parou um pouquinho na praça e depois voltou, sempre dançando, ao som daquela batucada cadenciada e contagiante, com a gente cantando aqueles sambas bonitos, falando do "mau proceder" da "mulher ingrata" que foi embora depois daquela "linda noite de luar".

Assim me contou o velho sambista, autor de letras sofridas, mas vigorosas e, paradoxalmente, cantadas com muita alegria. Nasceu ali a ideia de organizar um bloco para sair no carnaval. E sair organizadinho, todo mundo fantasiado de índio, nas cores do estandarte, azul e rosa, com a efígie do cacique, de perfil, estampada no centro. O bloco acabou por se tornar o orgulho da localidade. Até que, cumprindo uma trajetória muito comum, estruturou-se como escola de samba para desfilar na Praça Onze e apresentar enredos de elevado teor patriótico como *A epopeia dos bandeirantes*, *O último baile da ilha Fiscal*, *Batalha naval do Riachuelo*, *Apoteose econômico-financeira do Segundo Império*.

Os sambas da antiga escola de Marangatu eram elogiados; mas não à unanimidade. Nosso amigo Fraga, respeitado como o maior intelectual da região naquele tempo, criticava:

— Sambistas otários! Embarcam na canoa da história oficial, chapa-branca, e ficam enchendo a bola dessa pá de heróis de araque e de contos da carochinha. Os bandeirantes chegavam na mão grande, a fim só de garfar pedras preciosas e aí chacinavam, apagavam índios de montão. Esse papo de "povo heroico", "pátria amada idolatrada", de "país do futuro", onde "em se plantando, tudo dá"... Isso tudo é furada, meu chapa!

— Calma, Fraga! Também não foi tudo assim — eu retrucava.

Nessa quadra histórica foi que a Universidade Campestre do Brasil, abrangendo as faculdades de Ciências Agronômicas e de Estudos Veterinários, acabou por transferir suas instalações para as margens da estrada Rio-São Paulo. Ao redor do seu imenso e belíssimo campus, começava a crescer o povoado, que acabaria conhecido como Agronomia.

A uns poucos quilômetros dali, numa agradável noite de primavera, o comendador Bertoni, um dos barões laranjeiros, trazia o célebre cantor Beniamino Gigli para cantar na Catedral. Depois da récita, nos brindes, um italiano galhofeiro fez o elogio da região ao grande cantor:

— *Quasi tutto che non è consentito al di là, dopo la Variante, la Pavuna, il Gericino, è relasciato qui: contrabbando; vendita di armi i fuochi d'artificio; abbandono di cadaveri; animali libero sulla strada; alberghi sospetti, magistrato malfattore; politico bandito... Tutto questo può qui. E' una meraviglia!*

Ele queria dizer que, dentro dos limites da região de Marangatu, quase tudo que não podia lá no Distrito Federal era permitido. Ou seja: aqui valia tudo.

No meio do povão, que achava ópera uma chatice, o grande assunto era o fato de que o bloco carnavalesco União da Palmeira, já promovido a escola de samba, tinha vencido o campeonato carioca do segundo grupo, na Praça Onze. Mas os antecedentes dessa conquista eram duvidosos: ao se inscrever na Confederação das Escolas de Samba, como não era do Distrito Federal, a agremiação tinha dado como endereço de sua sede o escritório de um dirigente da Confederação, no bairro de Bonsucesso. Os componentes não gostaram disso, mas comemoraram a vitória.

No eco da folia carnavalesca, entretanto, veio a tristeza. Como noticiaram os jornais que se opunham ao governo do estado da Guanabara — e os que eram a favor silenciaram —, um sinistro de graves proporções destruiu inteiramente a favela da Praia do Pinto. Desde o governo anterior, com apoio federal, se desenvolvia um programa de demolição das favelas da zona sul — Pasmado, Cantagalo, Catacumba —, com os favelados sendo removidos para localidades distantes. A família de Soraia — ela, a mãe e o irmão — era forçada a alojar-se numa casa de cômodos na rua Aguiar, Tijuca, próximo ao largo da Segunda-Feira. Por sorte, a Iaiá, bonita, estudiosa e vaidosa, logo prestou exames e ingressou na Escola Baronesa de Teffé, para fazer, também em regime de internato e sem saber quem custeava seus estudos, o curso ginasial. Lá, estudou, sem muito entusiasmo, as matérias convencionais, como português, francês, inglês, matemática, história, geografia, desenho, ciências naturais, além de canto orfeônico e trabalhos manuais. Mas desenvolveu especial gosto pelas aulas de ciências naturais, nas quais adquiriu conhecimentos sobre o crescimento e a vida das plantas, dos animais e dos seres humanos. Fascinando-se com os formidáveis mecanismos de funcionamento dos seres vivos, acreditava que tudo isso se devia a uma Inteligência Superior; pois só as "inteligências superiores" — como, íntima e secretamente, achava que era a sua — seriam capazes de criar tais prodígios.

10. *LA COMPARSA*

Exatos dez anos depois do fim de Getúlio Vargas, então foi a vez de seu conterrâneo e seguidor João Goulart, apeado da presidência por um truculento golpe militar. Instaurava-se a ditadura, não sem resistência de diversos setores da sociedade, inclusive no clero católico progressista. Nesse quadro, o cardeal dom Honório Heráclito, nomeado bispo da diocese a que pertencia Marangatu, resolveu conscientizar o povo humilde a lutar por seus direitos essenciais.

Esse povo vinha, em boa parte, de antigas favelas da zona sul carioca, como Catacumba, Ilha das Dragas, Parque da Gávea, Parque do Leblon, Praia do Pinto e Rocinha. A esse contingente somavam-se os descendentes dos antigos escravos e remanescentes dos quilombos locais. Essa heterogeneidade, além da grande distância em relação às fontes ou possibilidades de trabalho e renda, foi a principal causa dos problemas logo surgidos. Então, as áreas destinadas exclusivamente a residências foram sendo tomadas por improvisados estabelecimentos comerciais e de prestação de serviços; e o crescimento desordenado foi dando lugar a novos processos de favelização, nas encostas das montanhas e ao longo dos rios.

O fato é que os governos lá de baixo, da Cidade, estavam mesmo empenhados em acabar com as favelas da zona sul, folgadamente localizadas à beira da Lagoa, do alto e de frente para o mar em São Conrado, na Gávea e em Copacabana. Dizia-se inclusive que a favela da Praia do Pinto fora incendiada propositalmente, para beneficiar a especulação imobiliária, apoiada pelo governo. Por conta desse incêndio foi que Soraia, ainda mocinha, teve que sair lá de baixo, acabando por vir morar aqui, com a avó, no pequeno terreno remanescente da fazenda em torno do qual cresceu a Favela da Fazendinha, ironicamente apelidada de Cheirosa no doce tempo dos laranjais.

Enquanto Soraia chegava, o capitão Victorio Cannaglia, filho de Marangatu, era transferido do 3º BCC, em Realengo para o QG do 1º Exército, assumindo a chefia de operações da 2ª Seção. O jovem abraçara a carreira militar seguindo uma tradição de família: sua avó, popularmente referida como "Coronela" — pois só vestia farda —, tinha sido a primeira mulher a criar e chefiar um Tiro de Guerra no Brasil. E esse tipo de corporação, que formava soldados para reserva da pátria, era muito importante antes da instituição do serviço militar obrigatório. A Coronela era tão respeitada que todos os militares, de major para baixo, tinham que bater continência para ela.

— Estou com 54 anos, mas não me troco por nenhum de vocês, não! Vocês têm que saber que em São Paulo eu já ganhei a São Silvestre quatro vezes. E que em casa, toda noite, antes de dormir, eu *pago* vinte minutos de *flexão*, com um braço só.

Não cheguei a conhecer essa senhora. Mas quem me contou merece crédito.

Em paralelo, a discutida escola de samba da região também entrava num ritmo diferente e se destacava, lá embaixo, no carnaval da avenida, com um enredo em homenagem ao governo, na euforia de *um Brasil indo pra frente*, como apregoavam as péssimas transmissões de TV, e que as rádios Solimões e Difusora ecoavam com nitidez. Nesse tempo, a Universidade Campestre já se destacava como importante centro de pesquisas científicas no campo da zoologia e da botânica. Mas as contradições entre ela e as comunidades de Marangatu desde logo foram aparecendo e incomodando. Os moradores dos núcleos mais pobres, por despreparo, condições de saúde e falta de hábito — como caracterizou Monteiro Lobato na década de 1930, na construção do personagem Jeca Tatu — não eram absorvidos nem como mão de obra pela universidade.

A razão culpava os moradores mais antigos, que, desde muito tempo, sempre tiveram cisma com livros. Mas, na verdade, a Campestre, com a fama de excelência acadêmica, tinha ficado igualzinha à maioria das universidades: engomadinha, óculos de grau, cabelo penteado pra trás e nariz empinado, repetidora de saberes estrangeiros. Encafuou-se dentro de si mesma e nunca mais quis conversa com a vizinhança, eufemisticamente referida como a "comunidade". Então, de um modo geral, professores e alunos da Campestre vinham de longe, inclusive do estrangeiro, e o povo de Marangatu só entrava lá, quando tanto, como servente.

O Fraga, que era o maior intelectual daqui e das vizinhanças, com aquele seu jeito malandro, buscava a causa na revolta dos escravos que acabaram fugindo pro quilombo da Mafuta:

— O barão descobriu que eles andavam lendo; e por isso tinham metido na cabeça aquelas coisas de *liberté, égalité, fraternité*, que um crioulo do Haiti contou pra eles.

Fraga sabia um bocado de história e não deixava barato:

— O Haiti, meu camarada, é um país das Antilhas, arquipélago que compreende Cuba, Jamaica, Porto Rico e outras ilhas colonizadas e sugadas até o osso pela pilantragem dos europeus. O país, cafetinado pela França, se tornou a colônia mais rica do Caribe. Só que, assim que o povo francês fez a sua Revolução, ripando o rei na guilhotina e derrubando a monarquia, as colônias inglesas da América do Norte se libertaram, criando os Estados Unidos. E aí, a crioulada do Haiti se chegou aos menos pretos e, juntos, proclamaram a independência. Nessa Revolução, o couro comeu, mesmo, com muito sangue, de todos os lados. Com ela, ficou provado que a escravidão era uma grande sacanagem. E o exemplo fez com que os cativos todos, em todas as Américas, se mancassem e partissem pra dentro, pintando e bordando, esculachando mesmo. Até que, cem anos depois, o cativeiro tinha ido pras picas. Pelo menos no papel.

Essa história soava como um perigoso rastilho de pólvora. E o barão de Marangatu, ou um descendente dele, tinha medo de que estivesse contada em alguma publicação. Por isso, mandou queimar todos os livros da enorme biblioteca que tinha na fazenda.

A fogueira começou com um estrondo que todos pensaram vir do vulcão. E as chamas atingiam uma altura tão grande que se via de longe. Veio daí o medo que os moradores de Marangatu sentiam sempre que viam um livro. Mas isso era mais uma das lendas do Seu Aleixo, aquele velho incrível, fantástico, sábio. Porque muita gente aqui lia e ainda lê livro, como Soraia, por exemplo. Mas as lideranças mal-intencionadas envenenaram os habitantes de Marangatu, que passaram a odiar os doutores e os alunos, sem de longe aventar a possibilidade de qualquer um dos seus, um dia, vir a ser um deles.

Alguns religiosos também usavam a Bíblia para jogar cada vez mais os carentes e desassistidos contra a Campestre: *O único saber é o que está na Bíblia, porque é a palavra do Senhor Jesus*, apregoavam.

Flávio Cannaglia, irmão do coronel, estudou na Campestre, onde se formou em agronomia. Mas abandonou a carreira quando se elegeu vereador. Mais tarde, com expressiva votação, usava seus conhecimentos profissionais para avalizar demarcações fraudulentas de terras e conceder licenças para atividades notoriamente prejudiciais à ecologia, como a exploração de areais, pedreiras, e até a criação de uma usina de tratamento do lixo proveniente de cidades vizinhas que não passava de um depósito infecto. Tudo por baixo dos panos e mediante polpudas comissões. Como em passes de mágica.

— Raciocina comigo: a cartola é uma emenda parlamentar e a verba é um passarinho emplumado. A gente enfia a mão lá dentro, tira o passarinho, dá uma pluma pro chefe da orquestra e espera os aplausos da plateia. É assim que funciona.

— Grande Cannaglia!

A mágica, em Marangatu, se mostrava também na facilidade com que as coisas adquiriam sentidos diversos dos convencionais. Por exemplo, a palavra *milícia* — que em latim significava serviço, campanha ou expedição militar, de guerra; e que no português antigo significava tropas auxiliares em caso de guerra ou qualquer organização de cidadãos armados que não integram o exército de um país — ganhou na região outro sentido. Seu Aleixo contava que, tempos atrás, quando começou a aparecer gente que gostava de mexer nas coisas dos outros, mexer com as meninas, fazer covardia, uma vizinha, Dona Geralda Abadia, que era de Minas e muito resolvida, reuniu mais uns três camaradas, para impor respeito e dar um jeito na situação. Riparam uns quatro e jogaram no rio; e aí o povo botou o apelido "Polícia da Mineira". Acontece que a mineira morreu e os filhos dela continuaram fazendo justiça, mas a troco de uns agrados, um dinheirinho, e acabaram cobrando proteção, mesmo, pro povo daqui, extorquindo, como se diz. Tanto que *mineira* passou a ser sinônimo de extorsão; e *mineirar*, por associação com extrair riqueza, passou a significar extorquir. O tempo passou, uns meganhas mal-intencionados viram que a boca era boa e começaram a entrar no negócio. Com eles, vieram bombeiros e até oficiais reformados. A coisa cresceu muito, e muitos deles hoje já estão inclusive na política.

O tal Flávio Cannaglia, por exemplo, era um retrato da diversidade de sentidos que a vida vinha tomando no lugar. Pelo que diziam, tinha trocado o diploma de agrônomo pela condição de chefe da FP, a Força Paralela, que com o tempo passou a dominar boa parte de Marangatu. Mas é bom a gente não falar muito nisso, não. Fica perigoso. Melhor é falar de Soraia.

Com o passar do tempo, como era natural, ela se fez mulher. E ainda menor de idade, num descuido com sua vida íntima, engravidou de um dos rapazes com quem se relacionava livremente. A mãe não se surpreendeu, e colaborou para o nascimento da primeira neta. A menininha ganhou o nome de Luciana, inspirado por um sucesso do Festival Internacional da Canção; mas a vida do pequeno grupo familiar desafinou totalmente. Soraia abandonou a escola, veio morar com a avó e, com muita dificuldade, procurou refazer a vida, mais perto de Pedro Melodia, seu pai. Como concluiu o curso ginasial, conseguiu emprego em uma clínica médica particular e foi estudar à noite em um curso de técnica de enfermagem. Um jovem vizinho, Tomaz, chamado de Tomazinho em casa e na vizinhança, tentava consolá-la. Mas Soraia rejeitava o apoio daquele arigó, pouco inteligente e sem perspectivas.

Por essa época, em uma das famílias italianas de Marangatu vivia um velhinho, muito baixinho, quase um anão, que não conseguia falar nada em português e só se comunicava num dialeto, provavelmente calabrês. Era chamado de Bambino, pois, embora bem velho, parecia um menino.

Apesar dos problemas de fala, ele cantava bem e bonito, com uma voz quase feminina, como a dos *castratti* dos tempos antigos. Vivia entoando canções napolitanas e árias de ópera, para deleite da vizinhança e escárnio dos moleques, que debochavam muito do pobre coitado. Segundo a tradição, Bambino chegara ao Brasil com a trupe do cantor italiano Beniamino Gigli, que, na época áurea dos laranjais, num dia de folga de sua temporada carioca, cantou na Catedral. O pequenino viera na condição de ajudante para serviços gerais; mas era tão pequeno e insignificante que a equipe de Gigli, quando voltou para a Itália, esqueceu-o em Marangatu. Ele, bobinho, sem saber falar, acabou ficando por lá. E se tornou um personagem, cantando as cançonetas e árias que sabia. Até que um dia foi levado a um programa de calouros na Rádio Solimões, a emissora local, ganhou o primeiro prêmio e ficou famoso. Com o sucesso, levaram-no para cantar na TV, no *Buzina do Chacrinha*, com expectativa geral. No dia do programa, Marangatu parou para vê-lo. Mas o coitado do Bambino, mal começou a cantar, levou uma buzinada. A partir daí nunca mais cantou e, abandonado pela família que o acolhera, e que entretanto o mantinha quase como um escravo, passou a viver ao relento. Morreu de tristeza e, pobre e esquecido, foi enterrado como indigente no cemitério de Marangatu.

O capitão Cannaglia, do Corpo de Informações Especiais, soube dessa triste história, mesmo porque o Bambino morava na casa de parentes seus. Mas naquele momento não tinha como se comover: sua única preocupação era a repressão aos comunistas, guerrilheiros urbanos, como dizia, que vinham intranquilizando o Rio e outras cidades brasileiras, e dos quais tinha vários presos, que tratava com extrema crueldade. Mereciam até pior, dizia. E bem que chegou ao ponto de levar uma jiboia e cinco filhotes de jacaré para intimidar alguns deles, no cárcere do Departamento Operacional de Inteligência.

Sem ter o mínimo conhecimento dessas barbaridades, porque nada disso saía no jornal nem dava na TV, Soraia seguia tocando sua vida. Estudava, se informava, procurava; foi aprovada num concurso e começou a trabalhar como técnica de enfermagem no tradicional Hospital Iguatu, respeitável instituição mantida a duras penas por uma associação de caridade havia mais de trinta anos. Recebia um salário mínimo por mês para uma jornada de doze horas a cada dois dias; e tinha que arranjar, cumulativamente, outro emprego para sobreviver com a filha. Assim, trabalhando de madrugada duas ou três vezes por semana, gozava apenas um fim de semana livre a cada mês.

Soraia e seus colegas de profissão constituíam um exército que representava mais de 75% dos profissionais de toda a rede hospitalar. Apesar de o Iguatu ser um hospital de referência, ela acabava, como todos, trabalhando sem nenhuma perspectiva financeira, social ou mesmo técnica, enquanto a região crescia desordenadamente e em altas taxas demográficas; e o "milagre econômico" era apenas uma cortina de fumaça para esconder o entreguismo do Brasil ao capitalismo monopolista. Soraia e seus colegas trabalhavam sem estímulo. Mas em seus raros momentos de lazer, ou em suas furtivas "cervejinhas" no Petisco dos Médicos, em frente ao hospital, achavam muita graça quando ouviam dizer ou liam no jornal que o problema dos hospitais públicos era apenas a falta de "mão de obra qualificada".

Era uma mulher muito bonita, a Soraia. Com mais de 1,70 metro de altura, realçados pelas sandálias de salto anabela, que só dispensava no trabalho, tinha o tipo daquelas moças que, algum tempo atrás, faziam furor na passarela do Clube Renascença, lá no Rio, perto do Hospital do Andaraí. Quadris largos, ombros estreitos, seios bem-proporcionados, pele de um castanho acetinado, cabelos bem hidratados e sempre penteados — além de um rosto belamente instigante, onde as expressões sempre enigmáticas jamais revelavam suas verdadeiras intenções. Presença de fato estonteante! Uma estrela.

Mesmo ainda na quadra dos 20 anos já se mostrava uma mulher madura; que, apesar da altivez, cativava as pessoas por seus modos simpáticos. Sempre rodeada de admiradores, ambicionava ter muito dinheiro para custear seu bom gosto e sua elegância de moça pobre. Entretanto, sem muito foco no trabalho, costumava interromper projetos em curso para executá-los de outra forma.

Essa volubilidade chegou até suas convicções religiosas, que começaram na Igreja católica, passaram pelo kardecismo e acabaram chegando ao candomblé de Seu Vadinho de Tempo.

O terreiro de Vadinho, em Murucu, apesar da rua esburacada e da vala negra que corria em toda a extensão do logradouro, parecia sempre em festa, muito pela espetacularidade de seus rituais. E o aspecto festivo e faustoso era reforçado tanto pelos carros de último tipo que paravam à porta quanto pela fragrância de perfumes franceses (em gostosa e aristocrática mistura) que tomava conta de todo o bairro quando chegavam os consulentes ou convidados.

Diziam os mais próximos que até um ex-ministro da Marinha frequentava a casa na condição de médium, ou melhor, de cavalo — os invejosos diziam *cavalo-marinho*. Contava-se que ele entrava no terreiro pela rua de trás, passava pelos fundos do quintal, ia direto para a camarinha e só saía já incorporado, virado no caboclo Tamandaré, entidade da falange de Oxóssi.

Artistas estrangeiros iam lá. Os cantores Charles Trenet, Gregorio Barrios e Libertad Lamarque, tempos atrás, quando a ialorixá ainda era a saudosa Tia Pequenina, foram e gostaram. A bela atriz Eva Warner, segundo constava, teria se entregado aos prazeres de uma aguardente puríssima servida durante uma sessão e saído de lá pela manhã, quase carregada. Dizia-se também que muita reviravolta na política brasileira nasceu no terreiro de Vadinho de Tempo. E por isso, pelo poder que sabia ter e ostentava, Vadinho andava aborrecido, mal-humorado, irritando-se por mínimas coisas. O que preocupava Soraia, sua filha de santo e figura destacada nas atividades do terreiro, inclusive como olhadora nos búzios.

Assim como seu pai de santo, Soraia desfilava como destaque na União da Palmeira, a escola de samba que mais tarde ascendeu até chegar entre as grandes do carnaval carioca. Era a escola mais poderosa; e Soraia tinha um caso amoroso com um dos dirigentes principais.

Tudo isso num tempo em que o apaixonado Tomazinho, aquele arigó, dera para frequentar terreiros de quimbanda pesada, maléfica; e passara a ameaçá-la, dizendo que a conseguiria de qualquer jeito. Tempo também em que a Palmeira, já no primeiro grupo dos desfiles, começava a ganhar força. Tanto que, na quarta-feira de Cinzas, abertos os envelopes, chegava em sétimo lugar, mas se animava por ter um esquema no governo. E foi por isso que, mesmo antes do resultado, acabado o desfile, em vez de voltar para casa e se exibir para o seu povo, ao redor do coreto da cidade, como era esperado, a União da Palmeira não apareceu. Contratada por um grupo político, a escola foi se exibir em Brasília, e lá ficou, comendo e bebendo do bom e do melhor, como depois se soube.

Naquele carnaval, em Marangatu, nem os índios, que sempre apareciam, deram as caras. A festa estava uma chatice só, uma desanimação daquelas... Mas afinal o inesperado aconteceu.

Eram umas trinta pessoas, homens, mulheres e crianças, todos fantasiados de rumbeiros tropicais. Diga-se de passagem que, naquele momento, as rádios já quase não tocavam música do Caribe, das Antilhas, de Cuba, como fora comum em certa época. Naqueles tempos saudosos, as emissoras tinham até mesmo orquestras e conjuntos especializados nesse tipo de música, rumba, mambo, guaracha, bolero. Tinham Ruy Rey e sua orquestra, El Cubanito, Românticos de Cuba. *Pero ahora, no más!* Por isso o povo se surpreendeu com o que viu e ouviu. E Seu Aleixo contava:

— Os rumbeiros vinham justamente tocando e cantando uma música antiga, um velho sucesso da rádio que dizia assim: "*Cáo, cáo, cáo, mani picáo, cáo, cáo.*" Ninguém sabia, mas *mani picáo* queria dizer "amendoim picado"; e a música era cantada por causa do amendoim torrado que as moças do grupo ofereciam para as pessoas que aplaudiam a exibição, de fato muito bacana e original. A batucada deles era fantástica, e muito mais animada que a da escola de samba. E as rumbeiras, moças e meninas, dançavam bonito.

À frente do grupo, segundo o nosso carpinteiro, vinha um negro alto, musculoso, bigodudo, jeito de estivador, vestindo uma túnica africana; mas na cabeça, em vez de gorro, trazia um boné inglês, da marca Kangol. Quando falava, em seu espanhol quase incompreensível (*Fíjate! Coño! Candela!*), cortando, *con su cubanía, como que la mayor parte* das consoantes das sílabas finais, o *chévere, muy guapetón*, mostrava os dentes incisivos revestidos de ouro. E no pulso esquerdo trazia uma tripla pulseira de miçangas verdes e amarelas. Soraia, que se recusara a ir para Brasília com a União da Palmeira e assistira à passagem daquele bloco de rumbeiros, não conseguiu dormir por três noites seguidas, como um dia me contou; e só descansou quando descobriu onde morava o cubanão e foi ao seu encontro.

Segundo a lenda, o *guapo* era um sobrevivente do movimento guerrilheiro que o governo militar conseguira sufocar na região do rio Araguaia, no Pará. Tinha vindo para o Brasil a convite de um certo Osvaldão, que conhecera na China. Entretanto, sendo um dos comandantes guerrilheiros, Osvaldão acabara capturado, torturado e executado com extrema crueldade, tendo a cabeça decepada e exibida ao povo do Araguaia, como exemplo do que acontecia aos que se opunham à ditadura.

O tal cubano dizia chamar-se Eusébio Valdés. Mas, na guerrilha, tivera seu nome substituído pelo codinome

"Johnson", de "Plátano Johnson", apelido de infância, derivado de uma qualidade de banana que sua família plantava em Santiago de Cuba. Ele contava que era o lugar-tenente de Osvaldão na guerrilha. E, com a morte deste, teria fugido para a Baixada da Guanabara com o propósito de reorganizar a luta armada, o que procurava fazer de seu esconderijo na mata, no alto da serra do Vulcão.

Johnson dizia aliar sua consciência política a um olhar agudo sobre a questão mundial dos negros. Em seu país, segundo propagava, aplaudira muito um supostamente célebre discurso de 25 de março de 1956 em que o "Comandante" teria afirmado que a discriminação e o preconceito raciais, herdados da república neocolonial, só poderiam ser eliminados através da educação. Mas, com o passar do tempo, sua crença teria esmorecido, pois educação demora. E aí ele resolveu, como afirmava, por conta própria, vir lutar no Brasil e apressar a marcha da história. No seu entendimento e palavra de comunista, a sociedade brasileira experimentava *el modelo más vicioso de racismo, disfrazado en democrácia, de samba y fútbol, incluso en las dictaduras más sanguinárias.* E aí, depois do fracasso no Araguaia, teria resolvido usar a música como instrumento de luta.

Quando Soraia chegou, sozinha, ao esconderijo na serra, naquela Quarta-feira de Cinzas, Johnson, à sombra de uma frondosa mangueira, violão em punho, compunha uma canção.

11. CASA GRANDE

Terminava o verão quando, num 15 de março, acontecia a fusão entre os antigos estados da Guanabara e do Rio de Janeiro. Para a concretização do projeto, Pai Vadinho tinha oficiado, na ponte Rio-Niterói, com respaldo governamental, um ritual propiciatório. Aluvaiá e Bombojira, os abridores dos caminhos, movimentavam as boas energias e afastava as ruins. Assim, o cargo de prefeito era restituído à cidade e ao município do Rio; e o titular foi nomeado pelo governador. Por seu trabalho, o pai de santo recebeu altas honrarias das casas legislativas municipais.

Com a fusão, era criado o município de Morgado, englobando todo o território de Marangatu, além de partes de diversas localidades, até o encontro da antiga estrada Rio-São Paulo com a rodovia Presidente Dutra. O nome "Morgado" (termo jurídico que designa um conjunto de bens inalienáveis herdados pelo primogênito de uma família) remetia à antiga denominação das terras de Marangatu; e foi dado por proposta de um grupo de deputados ultraconservadores, achando que homenageava certa família. Os progressistas reagiram ao nome, que também adjetiva o indivíduo ou organismo "muito cansado, exausto, com pouca disposição de agir". Mas foram voto vencido. O povo também achou estranho; mas venceu o costume e, na fala popular, por afinidade com a de Queimados, a denominação começou a ser usada no plural: Morgados. Até que a ela se acrescentou o artigo definido e o uso consagrou a forma, assim enunciada: "lá nos Morgados"; "o município dos Morgados"; "o povo dos Morgados". Tudo bem.

Criado o novo município, o nome Marangatu restou oficialmente apenas como denominação do distrito principal, onde tudo começou. Mas seus domínios foram sempre reivindicados por municípios limítrofes e adversários, num quadro em que a política morgadense era comandada, em alternância, pelos clãs dos turcos e dos italianos. Soraia, aliada de ambos os lados, chantageava os dois para garantir sua autoridade. No bojo desses avanços, a localidade de Agronomia, face à sua importância, era oficializada como o 2º Distrito de Morgado; e também por conta da fusão, as corporações da Polícia Militar fundiam-se numa só.

Seguindo a estratégia mercadológica do mundo das escolas de samba, a União da Palmeira — com o prestígio adquirido — resolveu ficar mais perto da Cidade, a eterna capital, e transferiu seus ensaios para um clube em Bonsucesso, na zona carioca da Leopoldina, o que desagradou seu povo. Mas seus dirigentes não se preocupavam, porque a maior parte dos desfilantes era mesmo lá de baixo. Assim a escola, ainda que voltando as costas para Marangatu, conquistou o supercampeonato com mais um enredo laudatório.

Seu Pedro Melodia comemorava também, mas com um travo de amargor na boca quase sem dentes. Compositor, violonista e poeta, o músico aparentava muito mais idade do que tinha. Já estava na favela antes de tudo começar; e durante um bom tempo foi o único compositor do morro. Mas, assim que a Palmeira passou a desfilar "lá embaixo", foi sendo considerado ultrapassado e menosprezado. Tornou-se um ébrio, e na bebida buscou esquecer as humilhações e as chacotas. Agora, já não bebia mais e amargava a perda do prestígio. Consolava-se com seu violão e seus ainda belos sambas, alimentando amores impossíveis por moças e meninas da comunidade. Quase todas o repeliam, enojadas; mas uma, romântica e sensível (que o procurou para ter aulas de violão), acabou por corresponder ao seu amor, sem, entretanto, entender muito o que sentia por aquele homem que poderia ser seu avô. E a ilusão do amor correspondido devolvia a ele a alegria de viver.

O velho poeta certamente não sabia que, segundo uma das tradições africanas — como aprendi em uma de minhas leituras —, "o homem que envelhecia precisava ter sempre ao seu lado uma moça bem jovem e formosa, mas sem relação de subordinação ou de parentesco". Ela deveria acompanhá-lo por toda parte e brincar com ele, como demonstração de afeto, podendo até ser sua parceira em jogos sensuais, se fosse o caso. O importante nessa relação, entretanto, era o que ela representava como rejuvenescimento, para o velho, e como experiência de vida para a moça.

Mas o sonho acabou quando, flagrado numa cena de amor, consentida, foi acusado de estupro e preso, pois a moça, levianamente, confirmou ter sido forçada.

O tempo passou e ninguém sabia ao certo o que tinha acontecido com Seu Pedro Melodia. Sua filha Soraia não tocava no assunto. Mas uma das muitas versões que corriam sobre seu destino era a de que ela, com sua inimaginável influência, conseguira a libertação do velho poeta e o exilara em local não sabido. E o caso foi sendo esquecido, substituído no interesse de todos pelo projeto, surgido após o carnaval, de unificação das escolas de samba da região.

A ideia era antiga, mas as rivalidades pareciam irremovíveis, cada um querendo puxar a brasa pra sua sardinha:

— Concordo, sim; mas só se a sede ficar aqui desse lado do rio. Do lado de lá eu não vou nem por um cacete.

O velho Anacleto era irredutível; e Otacílio não fazia por menos:

— Eu desconcordo: o nosso lado é onde nós sempre fazemos nosso samba, e o povo gosta muito mais de ir lá do que do outro lado.

— Só tem um jeito. É a gente fazer a sede no meio do rio, em cima de um pranchão flutuante. Aí todo mundo fica satisfeito.

Essa ideia, muito mais debochada do que conciliatória, era do Tião Marimba, um malandro que sempre viveu só falando besteira e sacaneando todo mundo.

A grande questão era que quase todo bairro ou favela da região tinha uma escola, e nenhuma com possibilidade de chegar lá embaixo, na avenida, e projetar em sentido amplo o nome do lugar, com vantagens políticas, econômicas e de imagem para toda a população. Assim, numa reunião no Grêmio Ideal, da qual participaram todas as lideranças locais bem ou mal-intencionadas, licitas e ilícitas, foi fundado o Grêmio Recreativo Escola de Samba Diplomatas de Marangatu. Que logo passou a ser vaidosamente divulgada como os Diplomatas; enquanto a outra era sempre referida, veladamente, é claro, como a Traíra, ou seja, traidora.

Os ensaios eram concorridos, animados e tranquilos, mas, num deles, uma batida policial nas vizinhanças da sede prendeu Paulo dos Santos Sacramentos, o "Paulo Índio", irmão de Soraia, acusado de graves práticas delituosas. Levado para lugar ignorado, ele desapareceu em circunstâncias misteriosas e foi dado como morto.

Por esse tempo, o complexo de favelas da Fazendinha, a Cheirosa da época dos laranjais perfumados, tinha uma área de alguns milhares de metros quadrados, onde se comprimia uma população correspondente a um Maracanã lotado. Cômodos pequenos, paredes estreitas que não iam até em cima, deixando passar qualquer som, no vazado pelos espaços abertos entre o seu final e o teto. De qualquer compartimento, ouvia-se tudo o que acontecia nos outros. Era a favela, na sua mais real expressão; olhada com maus olhos pelos moradores da chamada planície urbana, onde prosperavam as antigas vilas ou avenidas e se esboçavam os condomínios fechados.

Olhando igualmente para a planície e os morros, o bispo dom Honório Heráclito continuava incomodando. Por isso, foi seguidamente sequestrado por agentes da ditadura, sendo espancado e humilhado. Numa das sequências, seu carro foi explodido na porta da Confederação a que pertencia, na zona sul carioca, comentando-se nos bastidores que a operação teria sido conduzida pelo coronel Cannaglia. Que, já naturalmente atormentado pelos fantasmas de sua personalidade doentia, agora acumulava mais um transtorno.

Como se contava em Marangatu e vizinhanças, um ano depois de receber o espadim de cadete, o futuro coronel casava-se com Marietta Samarone, filha de uma das principais famílias locais. O casamento, na catedral de Santo Antonio de Tabatinga, com as bênçãos de Deus muito bem encomendadas pelo cardeal dom Fradique Silvano, ao som de órgão e coro, e as honras militares garantidas pelos espadins cruzados dos camaradas do noivo, cumpriu-se com pompa e magnificência. Mas, dali a uns três ou quatro anos, revelada a impossibilidade de Marietta ser mãe, o temperamento de Victorio já ampliava os defeitos da mulher: ele a via balofa e envelhecida, previsível e piegas, querendo tratá-lo como criança. Passou então a ausentar-se de casa mais ainda do que já determinava a rotina da caserna; arranjou a primeira de uma série de relações extraconjugais e passou a hostilizá-la abertamente. Até que tiveram a primeira briga séria.

No segundo confronto, Victorio Cannaglia esbofeteou Marietta e ela reagiu xingando-o com cabeludos palavrões na remota língua dos pais. Até que, passado mais algum tempo, chegando um dia à casa fora da hora costumeira, o militar encontrou a mulher na cama com um rapazinho, bem moço, entregador da Drogaria Fontoura.

Como contavam as "testemunhas de orelha", Marietta caiu desmaiada; o moço fugiu em pânico, semidespido; e Victorio Cannaglia, vendo-se desarmado, sem a pistola Mauser que costumava trazer à cintura, apenas sentou-se, lívido e transbordando adrenalina, a cabeça entre as mãos.

Dias depois, segundo as mencionadas "testemunhas", o cadáver do rapaz da drogaria teria sido retirado das águas do rio Guandu, perfurado de balas... E sem o coração.

Na sequência de um desses dias funestos, no cemitério de indigentes de Marangatu, um carro funerário chegava com dez cadáveres de recém-nascidos e natimortos. Eram pequenas caixas, num enterro pago pela prefeitura, que tinha convênio com a casa funerária. Contava-se que o cemitério fora, no tempo do cativeiro, lugar de enterro de escravos.

— Coisa horrível, este cemitério...

Seu Aleixo não gostava de falar no assunto, mas, naquele Dia de Finados, por alguma razão especial, externava sua revolta:

— No tempo do barão, era um cemitério como os outros: os mortos ricos ficavam dentro da igreja e os pobres ficavam na área aberta, que ocupava toda a externa ao redor. Quanto mais importante e rico era o defunto, mais perto do altar dos santos era enterrado. Assim, a tumba do barão ficava embaixo da sacristia.

Do lado de fora tinha também uma hierarquia: os endinheirados, fazendeiros e negociantes foram sendo homenageados pelas famílias com jazigos perpétuos, cobertos de pó de pedra ou de pedra-mármore, enfeitados com aquelas estátuas de anjos e santos, com dizeres em placas esmaltadas e retratos "vitrificados a fogo", como se dizia.

— Mas os pobres mesmo, os bombardeados, que não tinham onde cair mortos... Esses, quando muito, ganhavam um montinho de terra, uma cruz de madeira, mas em geral eram mesmo jogados de qualquer jeito na vala comum.

Tinha razão o carpinteiro. Com o tempo, os enterros de indigentes foram se tornando maioria. Até que com a ideia, aliás uma boa ideia, desses "jardins da saudade" do tipo americano, e com a completa transformação de tudo em mercadoria — até os "presuntos" e os costumes funerários —, o cemitério de Marangatu tornou-se um lugar mal-assombrado; de despejo de restos sem nome, sem número e muitas vezes com as partes desarticuladas, chegando do necrotério congelados, na caçamba dos caminhões de lixo. Assim, virou lugar frequentado mais por feiticeiros em busca de crânios, tíbias e perôneos para serem usados em rituais macabros, tanto mais misteriosos quanto primitivos, incompreensíveis e inexplicáveis. Por isso, o nome Marangatu passou a ser até evitado, porque era um nome funesto, pesado.

Aliás tudo era pesado nesse tempo. Inclusive para Soraia, coitada, que acabou por testemunhar a execução de seu amado Eusébio Valdés, o Johnson, assassinado na própria cama, talvez por um comando militar, talvez por credores lesados.

A agora viúva, que passara a assinar seu nome como "Soraya Valdés", acreditara piamente nas patranhas do cubano. Acreditava que, muito mais que o amor ardente que lhe devotava, Johnson tentara lhe transmitir muito dos importantes conhecimentos filosóficos, litúrgicos e rituais das artes mágicas que trazia consigo desde a infância. Para ela, ele lhe teria ensinado o máximo que podia sobre as *reglas* de *palo mayombe*, de *ocha* e de *Ifá*. Sobre esta última, explicou-lhe que era uma tradição filosófica e religiosa nascida no século V, e que fornecia os fundamentos do candomblé brasileiro e da *santería* cubana. Falou ainda sobre as *potencias abakuá — Acere crúcoro obonecué otan efí otan. Efó monina hecherequerecué, ocóbio amananbá, ocóbio amananbé* — e sobre as sete potências africanas, para vencer os inimigos, fazer amigos e influenciar pessoas. Mas Soraia, achando tudo muito complicado e difícil, tendo apenas decorado algumas frases pela beleza da sonoridade, não entendeu e não gostou

Em seu entendimento, o cubano só não conseguiu lhe ensinar como viver sem amor; e principalmente sem o amor daquele amante, pai, irmão e filho, que a levava à loucura nas horas intermináveis do sexo; que a mimava como uma menina nos dias de Cosme e Damião e Natal. Que a acalentava com "Drume negrita", canção imortalizada pelo inolvidável pianista Ignacio Villas, cognominado Bola de Nieve, que era seu primo. Johnson revelou a Iaiá os fundamentos dos santos de cabeça da amada, Iansã e Ogum, como jamais Pai Vadinho tinha revelado; e lhe entregou, devidamente consagradas, as *prendas* que lhes correspondiam na *regla de palo monte*, a "lei dos paus do mato", ensinando-lhe como cuidar de cada segredo. E lhe previu uma vida de 146 anos de idade, em pleno gozo de saúde, paz, estabilidade e desenvolvimento. Só não lhe disse que seus próprios dias estavam contados; e que iria morrer nas mãos de um italiano filho da puta, coronel que não honrava a farda do brioso Exército brasileiro e então matava a soldo de quem lhe pagasse mais.

O cubano Eusébio Valdés, aliás Plátano Johnson, desistira da luta em nome do amor, queria constituir família e viver da sua música e de seu grupo carnavalesco, transformado em organização social; mas não teve tempo. Então, jurando ódio eterno a todos os policiais e militares, Iaiá identificou e denunciou os assassinos, sem sucesso. E não deixou que Johnson fosse enterrado como indigente, pois, afinal de contas, ele tinha passaporte, expedido em Cuba e carimbado em Angola, na China e na Tchecoslováquia. E tinha sido fichado pelo Dops.

E, antes de partir, o cubano erguera o Casarão.

Na origem, a casa-grande da fazenda se assentava, além das terras cultivadas, em um espaço de 20 hectares. Tinha dezesseis quartos, incluindo os dois de banho; três salões; uma biblioteca disposta em dezesseis estantes de mogno, com dezesseis largas prateleiras cada uma, estendendo-se, com as respectivas divisórias, do chão ao teto. Segundo a tradição local, os milhares de livros da biblioteca jamais foram abertos, pois ninguém na casa sabia ler; e a única pessoa que ousou entrar lá e folhear um volume foi um moleque, severamente castigado por sua bisbilhotice. O lugar do moleque era a parte de trás da casa, onde ficavam a enorme cozinha, sempre enfumaçada e cheia de fuligem, a qual se conectava diretamente, por um longo corredor, com a senzala.

A ocupação das ruínas começou quando Johnson nelas ajeitou seu esconderijo. Assim, no momento em que Soraia resolveu morar com ele, o Casarão já tinha outro aspecto.

Antes, ela morava no lote vizinho; que foi incorporando outros, graças à forte influência da posseira na prefeitura, durante várias gestões, e no cartório do 1º Oficio da Comarca, cujo titular, de primeira categoria e segunda entrância, era o velho, sábio e insuspeito Epitácio Peçanha, seu amigo e admirador. Assim, anulando todos os possíveis entraves, representados por centenárias posses, enfiteuses, usucapiões e esbulhos possessórios, suas terras chegaram no limite das ruínas, já melhoradas. Flechado por Cupido, o cubano — que se dizia formado em engenharia e edificações pela Universidade da Amizade dos Povos, na URSS — redesenhou a planta, tomando por base La Ferrière, a fortaleza haitiana do rei Christophe.

Mas o Casarão era do tempo do conde de Aljezur; e da estrutura original só restavam partes das paredes e um pouco do madeiramento do piso superior. Era preciso fazer uma laje de concreto, para sobre ela reerguer-se o sobrado. Trabalho demais! Soraia, entretanto, sem pensar muito, optou pelo sistema tradicional, usado desde sempre.

No dia marcado, um domingo, lá estava a turma reunida em mutirão. Eram doze, e chegaram bem cedo. Depois de servido o café da manhã reforçado, começaram o trabalho. Embaixo, no chão, ficaram os responsáveis pela feitura da massa, com cimento, areia, pedras e água. No meio, ficaram os responsáveis por encher os baldes. Na intermediária, os que iriam subir os baldes para cima. E no segundo pavimento os especialistas, que sabiam como derramar o concreto e alisá-lo bem, para que a laje ficasse uniforme, sem ondulações, de modo a, quando pronta, não acumular água da chuva.

Por volta das três horas da tarde — o espaço era grande — estava concluído o pesado trabalho. Então, em clima absolutamente festivo, foi posta a mesa do almoço, improvisada com tábuas dispostas sobre três cavaletes. Para alegria geral, o prato era um suculento mocotó, com bastante pimenta e regado a cerveja e cachaça. À mesa, as atenções se voltaram para o Adalberto do Irajá, que repetidas vezes comeu mocotó numa terrina cheia até a borda; e para o Mundinho de Nilópolis, que, de sobremesa, devorou sozinho uma lata de goiabada inteira, daquelas grandes. Uns dois meses depois, realizou-se a "feijoada da cumeeira".

Reformado em tempo recorde, o Casarão ostentava a seguinte arquitetura: no primeiro pavimento, havia a sala de entrada, tendo à sua direita os quartos de hóspedes e à esquerda a sala de jogos, por onde se chegava ao lavatório e ao jardim de inverno. Anexa, com entrada exclusiva, erguia-se a capela que Johnson resolvera conservar sem saber muito por quê. No segundo pavimento, ao qual se chegava através da escadaria, construída nos fundos da sala de entrada, ficavam os três salões e os três quatros, além da camarinha. Na parte dos fundos, a enorme cozinha, a sala de passar roupa, a dispensa e a adega. Mas o que chamava mesmo a atenção, depois de tudo arrumado e decorado, era, no salão principal, o mural enorme retratando um imenso campo de girassóis, muito amarelos; e, nele, o homem branco, muito branco, de barba cerrada, chapéu de palha e sem uma das orelhas, os olhos claros, muito claros, olhando fixamente para quem o observava. E explicava Soraia:

— É o Van Gogh. Contei pro Seu Nilton Bravo um sonho que eu tive quando era pequena, e ele pintou igualzinho.

Os recursos para as obras vieram do capital, em dinheiro sonante, que Johnson, responsável pelas finanças da guerrilha derrotada, conseguira salvar. Fruto de expropriações feitas a pessoas muito ricas, políticos corruptos, bancos e outras instituições econômico-financeiras, em nome da Revolução Internacionalista, o capital somava bons milhares de dólares americanos. Assim, as terras abrigavam a mansão avarandada, batizada como "Casarão", a escola, a creche, o posto de saúde, os armazéns e depósitos, além da piscina olímpica — no antigo reservatório —, o campo de futebol, de medidas oficiais, e a "Praça de Eventos". Tudo cercado por uma muralha de quase 3 metros de altura com seteiras, circundada por um fosso de 3 metros de profundidade. Lá de cima se avistavam os rios, a estação de tratamento de águas, os ramais da estrada de ferro e as estradas de barro e asfalto que levavam a Maximbombo, Belém e Campo Grande. O projeto foi inspirado numa fortaleza do século XIX que Johnson conhecera no Haiti. A concepção partiu da velha Caixa d'Água, o reservatório de pedra e cimento datado de 1908 que até hoje abastece boa parte de Marangatu, além de dar conforto à dona, nos dias de calor.

12. TABERNÁCULOS

O mito da Iaiá de Marangatu começava a ganhar foros de realidade quando se noticiou o assassinato de dois homens fardados, cujos corpos foram encontrados com as cavidades torácicas abertas, nas quais se notava a ausência do coração.

Soraia trabalhava no Hospital Iguatu, que naquele tempo era palco de importantes pesquisas na área dos transplantes de coração, inspiradas nas técnicas desenvolvidas pelo famoso dr. Zerbini, décadas antes, em São Paulo. Assim, o boato foi-se avolumando até chegar à versão de que, a exemplo de Hamilton Naki, o assistente sul-africano do dr. Christian Barnard, o pioneiro nesse campo, era a Iaiá quem ditava os caminhos das cirurgias, mas seu nome não podia aparecer. Imaginem...

Enquanto isso, o juiz da vara criminal da comarca decretava a prisão preventiva dos cinco acusados da morte de Paulo Índio, irmão de Soraia, cujo corpo sumiu, diluído em uma forte solução de ácido muriático, como todo mundo garantia. Inclusive Tomazinho, o vizinho apaixonado, que agora era "crente".

Como convinha, o recém-converso tinha organizado ele mesmo o pequenino Templo dos Quinze Mistérios, que promovia oito cultos por semana, com uma espécie de vesperal aos domingos. Segundo voz corrente, precisara de apenas uns trocados, uma merreca em taxas e emolumentos, e de cinco dias úteis não consecutivos, para ir à repartição buscar sua inscrição no CNPJ, o Cadastro Nacional de Pessoas Jurídicas. Ninguém lhe exigiu mais nada, nenhuma prova de capacitação para o exercício do seu ministério. Pela Constituição Federal, templos de qualquer culto, inclusive católicos, estavam isentos de todos os impostos incidentes sobre o patrimônio, a renda ou os serviços relacionados com as suas finalidades essenciais, as quais eram definidas por eles mesmos. As religiões eram livres para se organizar como bem entendessem; e seus dirigentes estavam, como ainda talvez continuem, desobrigados de prestar serviço militar, além de terem direito a prisão especial, como os portadores de diploma universitário.

Tomazinho fez tudo como mandava o figurino. Mas, na maioria das vezes, as treze cadeiras de plástico arrumadas cuidadosamente ficavam vazias. "Às vezes vem um, às vezes dois", dizia. Havia dois anos que morava na pequena casa-templo, onde "passava os dias orando, às vezes em vigília, às vezes em jejum", como dizia, para que sua igrejinha atingisse a meta fixada pelo Tabernáculo Unificado dos Ungidos, a igreja matriz, raiz e tronco de sua débil ramificação, sob pena de seu vínculo ser cassado.

A sede do Tabernáculo, lá embaixo, na Cidade, fora construída na época do marechal Floriano, pelos positivistas. A construção tinha aquele estilo meio rebuscado da arquitetura dos templos dos protestantes, menos ou mais ricos, existentes em quase todas as grandes cidades brasileiras. No interior, ficava o amplo e comprido salão — a igreja propriamente dita —, com pé-direito alto e paredes lisas, sem quadros nem ornamentos; o púlpito e os bancos, com capacidade para mais de setecentos fiéis. Nos dois lados, largas portas, a da esquerda com acesso a aleias entre jardins floridos. Aos fundos, de portas sempre trancadas e com entrada exclusivamente permitida à alta cúpula (presbíteros e diáconos), ficava a "Arca". O interior dominado por uma grande mesa de mogno rodeada por doze cadeiras, era o lugar onde se tomavam as grandes decisões:

— O projeto da nova nação foi elaborado pelo próprio Deus Salvador, meus irmãos! E nós temos que nos conscientizar da nossa responsabilidade dentro desse projeto!

O presidente da mesa falava de olhos semicerrados, esboçando um sorriso beatífico. E a resposta vinha de um jovem de camisa social branca, de manga curta, e gravata escura, listrada:

— Aleluia, irmão presidente! É um projeto político e filosófico. E dele é que vai nascer a nação dos nossos sonhos.

E o dirigente arrematava:

— Rendemos graças ao Senhor dos Exércitos! Trata-se de um projeto que envolve procedimentos estratégicos. E as bases desse planejamento e de sua execução estão na Bíblia, no Gênesis.

A mesa concluía, aprovando em uníssono, com um sonoro "Aleluia".

O Tabernáculo dos Ungidos era o tronco de onde se ramificavam outras igrejas por ele organizadas. Entre essas, havia algumas muito antigas; e uma das mais novas era a do pastor Tomazinho, com suas treze cadeiras ainda vazias. A organização seguia o modelo da tentacular Assembleia de Deus, que se ramificava por ministérios, os quais, na busca incansável de fiéis, sua maior característica, enviava missionários a todos os cantos, para criarem novas congregações. As filiais assim criadas ficavam vinculadas ao ministério da igreja-mãe, no caso, o Tabernáculo, numa relação que conjugava apoio e dependência. Uma filial que progredisse em número de fiéis e se estruturasse como "igreja" formava o seu próprio ministério. Mas continuava pertencendo ao ministério original, o do Tabernáculo dos Ungidos. O Templo dos Quinze Mistérios, com suas pobres treze cadeiras de plástico vagabundo, ainda não era uma igreja. Mas o pastor Tomazinho, que já adotara o título de missionário Tomaz, se esforçava.

Enquanto isso, assumia o comando da PM o coronel Benedito de Oliveira, oficial culto e defensor dos Direitos Humanos. Ele esboçava a primeira tentativa de mudança dos padrões de operação da Polícia Militar, buscando conduzi-la para uma visão mais democrática, suavizando o perfil de força repressora que a caracterizara ao longo dos anos. Graças aos esforços do coronel, doutrinas e programas de segurança da população e a filosofia de policiamento comunitário foram introduzidas e se espalharam por várias partes do país.

No Exército, o coronel Cannaglia passava para a reserva. Excelente em cálculos matemáticos, através de suas ligações com os chefes do jogo do bicho, ele passou a atuar na contravenção, criando novas fórmulas algébricas para a multiplicação do dinheiro arrecadado, além de cuidar da segurança das estruturas da jogatina.

Quanto a Soraia, mesmo ainda bastante deprimida pela morte do cubano Johnson, ia aos poucos levantando a cabeça através de uma autoanálise diária, na qual revia sua vida até ali: quando mocinha, fora uma mulher de beleza rara. Misteriosa e sedutora, num primeiro momento fora reprimida pelo ambiente hostil que encontrara em Marangatu, mas aos poucos descobrira onde encontrar aliados e terminou achando um sentido para a vida. Primeiro, despontou como viga mestra da família e da comunidade. Firmou-se então como a multimulher, forte, pragmática, inseparável de suas convicções, severa, nervos inquebrantáveis, parecendo estar em todas as partes desde o amanhecer até alta noite. Cuidava de todos, mesmo além da sepultura, mantendo sua comunidade de pé. Era a mãe de todas as mães, tanto das boas quanto das que se tornaram más por determinação do destino. Então, sua lenda e mitologia foram crescendo. Mas era mãe e amante e não a mulher "canibalesca" que todos julgavam que fosse. E assim seguiu em frente.

Até que um rumoroso caso, um crime passional, abalou Marangatu e todo o Rio de Janeiro. A mulher com quem o político Petrúcio Albuquerque era casado por mais de cinquenta anos, descobrindo uma ligação extraconjugal do marido, matou-o enquanto dormia. O assassinato teve detalhes de cruel vingança, consumado que foi com água fervente introduzida no ouvido direito do tribuno adormecido. E, detalhe intrigante, e ainda mais escabroso, foi o sumiço do coração do polêmico homem público durante a necropsia no Instituto Médico-Legal Ao saber da notícia, dada por um grupo de vizinhas, Soraia revelou, chorando, para estupefação geral, que "o Velho", ele sim, é que fora o grande amor de sua vida:

— Primeiro, ele foi meu amigo secreto, meu benfeitor anônimo, meu padrinho oculto. Foi ele quem custeou meus estudos desde a infância, sem que eu soubesse. E depois... Ah, meu Velho!

Ainda não refeito dessa revelação, o povo da Fazendinha se revoltava contra soldados da PM que haviam prendido moradores pelo pescoço, como era feito com os *alibambados* no tempo do cativeiro. Seu Zé do Rádio protestou, ao seu jeito, lembrando que o fim da escravidão tinha ocorrido havia mais de cem anos.

Zé do Rádio era um membro dissidente do Templo dos Quinze Mistérios, então já consolidada como a maior igreja evangélica local. Anos antes, atendendo a um pedido do ministério, sendo fiel e empregado sem carteira, recebendo um salário mínimo mensal, emprestara seu nome para a constituição de uma empresa usada na compra de direitos de concessão de canais de rádio e TV ganhos em licitações realizadas pelo governo. Analfabeto funcional, sabendo apenas garatujar o nome, tinha assinado *os papel* para ajudar a igreja a melhorar. Passado o tempo, velho e doente, foi despedido do emprego, sem qualquer compensação. Então, abandonando a "crença", passou a beber. E assim, quando embriagado, dizia que era dono de todas as rádios do Brasil; e tentava obrigar a todos os que via ouvindo rádio que lhe pagassem por isso: *eu sou propietário, você é usuário!* Quando viu a cena dos presos alibambados, filmou tudo, com sua câmera imaginária, *pra botar na televisão.*

A TV já despontava como o grande atestado do avanço da globalização, anunciada pelo Primeiro Mundo no intuito de ampliar suas atividades nos países em desenvolvimento, e estendeu seus efeitos até os lugares mais afastados, como Marangatu. Seu Zé do Rádio desconfiava dessa tal de "globalização" que sugava nossas economias. Em vez de transnacionalização, o termo veio para camuflar a realidade de grandes corporações — que tinham sede em determinados países e centralizavam o controle das filiais, subsidiárias e unidades de produção em outros. Assim, nos países em desenvolvimento, as multinacionais se expandiram dentro de condições e regras fixadas por elas mesmas. E até o carnaval passou a ser global e falsamente democratizado. Em consequência, Victorio Cannaglia, coronel reformado do Exército, desfilava com camisa da diretoria na antiga escola de samba União da Palmeira, a Traíra, agora rebatizada como Unidos de Morgado.

Severino Bezerra também, pois era um comerciante próspero, com uma história de sucesso: seu pai, chegando ao Rio com 18 anos, vindo do Ceará, trabalhara como pedreiro até abrir a birosca, na própria casa, no alto do Vidigal, na zona sul carioca. Melhora daqui, melhora dali, acabou tudo dando certo. *Queria mesmo é ver a família numa situação melhor.* O filho, Severino, depois de um certo tempo, perdendo o emprego que tinha numa lanchonete, juntou a indenização e o FGTS às economias do pai. Transformou o que antes era um simples balcão para venda de bebidas e doces em um confortável estabelecimento, na laje de casa. Inventou receitas e, aproveitando a bela paisagem, fez o negócio crescer, dando emprego a todos os membros da família. Mas isso porque o Vidigal era um morro da zona sul carioca, debruçado sobre o mar de São Conrado; e a beleza do local atraía turistas a rodo.

Severino aproximou-se da cúpula da escola, numa tarde em que Jamil Mattar subiu o Vidigal com uma namorada e resolveu tomar refresco no seu estabelecimento, contemplando o magnífico cenário lá de cima. O turco gostou da história de sucesso de Severino e lhe propôs sociedade em um dos negócios que mantinha para encobrir a ilicitude dos outros. Severino topou. E no carnaval daquele ano vestiu a camisa da escola de Marangatu na avenida. *Morro é morro, favela é favela*, ele gosta de dizer, para afirmar seu alegado distanciamento em relação à "comunidade".

13. CARAMINHOLAS

Os trens da Central que serviam Marangatu eram os do ramal de Japeri e Paracambi. O horário do rush, na ida ou na volta, para uns era penitência, para outros era farra. Camelôs vendiam de tudo, desde pentes e espelhinhos com o escudo do Flamengo até perfumes, bijuterias, lápis, cadernos, saleiro em forma de ovo... Até bolinho de aipim e pastel de camarão. *Com pimenta e sem pimenta.*

Uns safados se serviam do aperto pra se esfregar nas castas donzelas e moças de família. Mas havia romances também. E aniversariantes comemorando suas datas natalícias; bem como amigos ou simples conhecidos jogando sueca, à brinca ou à vera, valendo uns trocados.

Tinha também a terrível brincadeira de mau gosto que vitimava os passageiros desavisados que, desejando saltar em Engenho de Dentro, Cascadura ou Madureira — as três únicas paradas antes de Deodoro —, tentavam desembarcar, sendo então impedidos pela *massa amarelinha de beber água de poço*, como os cariocas suburbanos da zona norte se referiam ao povo da Baixada e da zona rural. E a massa, fermentando de bronca e sob o grito de guerra "incha, incha", aumentava seu próprio volume; e, quando as portas se fechavam, gozava o passageiro impotente, evocando os olorosos e prósperos tempos da citricultura: *Vai chupar laranja!*

Depois de uma dessas viagens, complicada, de mais de uma hora e meia, o tempo de uma partida de futebol, saltei do trem, ganhei a rua, cheguei até a banca de jornal, comprei o *Sport* — o último —, atravessei a pracinha e entrei no Café e Bar Queimados, onde pedi um cafezinho — um carioca — que veio num copo. *Porque, aqui por estas bandas, quem toma café em xicrinha a gente sabe como é, né?* Pedi também uma carteira de cigarros Continental, sem ponteira, e uma caixa de fósforos.

— O mundo está mesmo de cabeça pra baixo, compadre. — Ouvindo essa frase, apurei o ouvido, fingindo que não estava nem ali. — De pernas pro ar.

Arrisquei um olhar, de esguelha, para os homens que conversavam. Eram dois velhotes, com jeito de aposentados; e me pareceram, não sei por quê, operários gráficos ou metalúrgicos, antigos militantes sindicais:

— O Partido já tinha avisado isso. O povo é que não quis acreditar — disse um deles.

Com minha suspeita crescente, botei açúcar e mexi o café com a colherinha, bem devagar, no que o outro coroa respondeu:

— Não quis ou não deixaram?

Interessado na conversa, apurei ainda mais o ouvido.

— Pois é isso. O capitalismo selvagem está aí. Só que agora se chama globalização e todo mundo acha bonito.

Senti vontade de entrar na conversa, mas me contive. A dupla era entrosada:

— Sociedade de consumo... Economia de mercado... Neoliberalismo... Os nomes até que são bonitos. Bom pra quem gosta de falar difícil.

Olhei de lado, mas eles não me percebiam. Tirei do bolso o maço de cigarros, saquei um, guardei o resto, bati na caixa de fósforos e acendi.

— Pois é isso. Hoje em dia tudo se resume mesmo é no dinheiro. Até a religião. Mudou.

O papo ia em frente:

— Tudo se modernizou. Mas até que tem coisa que foi certa: a missa em latim, por exemplo, ninguém entendia nada. E o padre rezar de costas pro povo era falta de educação.

Dei uma baforada e meti a mão no bolso da calça, procurando o dinheiro, sem me desligar da conversa.

— Mudaram pra atrair mais gente, porque o povo estava indo pra outros caminhos. Você não vê aqui? Pra cada igreja católica você tem dez de crentes, evangélicos, pentecostais, sei lá.

O ritmo da conversa acelerou, como num jogo de pingue-pongue. O mais velho sacou:

— Já tem até marginal crente.

— Ou crente marginal?

A pergunta ficou no ar, mas logo veio a cortada vigorosa:

— Dá no mesmo. E o pastor se mete no meio dessa rapaziada pra dizer que está regenerando, trazendo eles pro bom caminho. Aí, faz o nome da igreja dele.

— Em nome de Jesus, como eles dizem.

Paguei a despesa e saí. A conversa era realmente interessante e eu tinha lido algumas coisas sobre essa fervura dos bíblias. Nessas leituras, fiquei sabendo que isso vinha, também, da América do Norte. Começou como um consolo para os trabalhadores escravizados. Os pastores, primeiro brancos e depois negros também, incutiram na cabeça deles relatos da Bíblia que lembravam sua situação, como o cativeiro dos judeus no Egito, as profecias sobre sua libertação por Moisés. Mas botaram o culto do seu jeito. Essa forma que predomina no Brasil de hoje, muito espalhafatosa, como dizia Seu Zé do Rádio, parece que foi inventada no sul dos Estados Unidos, por um filho de ex-escravos.

Saí satisfeito, mas logo uma outra historinha veio me azedar o dia. Era sobre um garoto, baleado e à beira da morte. Desesperada, a avó pediu a ajuda de Mãe Cremilda, que a atendeu prontamente. Cambonada pelo marido Cappelletti, a religiosa incorporou sua entidade. Entretanto, mal iniciado o socorro espiritual, entrou pelo barraco adentro um pastor, a quem a mãe do menino pedira ajuda e vinha receber o dízimo. Com muito estardalhaço e truculência, o pastor expulsou o casal umbandista, com Cremilda ainda virada na preta-velha, que apenas sussurrou um dito ininteligível, enquanto o infeliz exalava o último suspiro.

— É... Os bíblias já estão indo longe demais.

Quem então dizia isso era o velho Barra-Mansa, aquele da festa malsucedida do 13 de Maio. Que eu, depois de muitos anos sem ver, reencontrei, aqui perto da estação. Ele me reconheceu, me abraçou paternalmente e me contou como ia a vida. Tinha acabado com aquela história de famílias clandestinas, colocando as três mulheres a par da situação real. Para tanto, reunira as três e os dezoito filhos e filhas numa espécie de assembleia geral extraordinária — "como aquelas do sindicato", exemplificou — realizada no sítio do Murucu. Passara a viver harmoniosamente, com as mulheres dividindo as tarefas etc. "Como um soba dos ambundos", sublinhou depois o Filipe quando lhe contei a novidade.

E disse mais Seu Barra-Mansa, embora com outras palavras. Falou que a conversa para solução do conflito fora feita pela Iaiá de Marangatu. Segundo voz geral, ela já se destacara, em outros casos, como uma verdadeira juíza, com decisões muito cheias de sabedoria e equidade salomônica. E, voltando ao caso dos crentes, dos *bíblias*, como ele dizia, acrescentou:

— Não sei se você sabe que volta e meia eles viajam lá pra Terra Santa, levando a dinheirama toda que eles arrecadam aqui. Eles falam que é o *sacrifício*, como aquele que o povo de Judá ou Israel, não sei direito, fazia no tempo da Bíblia. Só que em vez de carneiros e outros bichos, eles oferecem o dinheiro dos dízimos que recolhem por aqui. Dizem que fazem isso pra que o *povo de Deus* — e o *povo de Deus* é o pessoal deles — receba de volta muita riqueza e prosperidade. A coisa está tão boa que já estão querendo fazer por aqui um templo grandão, igual ao que tem lá, pra não gastarem mais o dinheiro da passagem, que é salgada... Porque a Terra Santa é longe pra caramba, meu senhor.

Essa conversa com Seu Barra-Mansa botou caraminholas na minha cabeça. Porque o Fraga já tinha falado a mesma coisa, mas com outra interpretação: achava que tudo isso era um complô do *imperialismo americano*, inventando uma aliança dos protestantes do sul dos Estados Unidos com os judeus barra-pesada de Jerusalém:

— Esses caras são contra o Estado de lá — ele me disse um dia —; e querem derrubar a direita pra fundar um Estado teocrático. Querem entregar tudo na mão do Deus deles lá, que é um Deus de guerra, brabo, invocado. E, pelo que já ouvi dizer, os maiorais dos crentes daqui dão força. Tanto que vivem lá; para aprender como é que faz e fazer aqui; pra tirar vantagem, claro, sem ter que dar satisfação a ninguém, só ao *Senhor*. Bom... Isso é o que se diz. Mas como eu não tenho como provar...

Bobagens do Fraga! Mas o Fraga, diga-se, tinha umas tiradas certeiras. Não cansava de falar desse avanço dos bíblias ou protestantes — como se dizia antigamente —, hoje chamados crentes, evangélicos e autoproclamados *cristãos*. Vê só; ele reclamava:

— Só eles são cristãos? E os católicos, ortodoxos, coptas, kardecistas, também não são? É preciso entender o porquê dessa expansão e saber se ela traduz, realmente, uma opção livre dos crentes. Ou se é resultado de mais uma estratégia de dominação induzida pela sociedade de consumo, no vazio de valores morais que ela mesma criou.

Mas o caso é que Marangatu era a capital nacional do boato e da fantasia. Em toda a região, qualquer notícia sem fundamento se espalhava e fazia vítimas. Então, eu tinha mesmo é que não levar nada muito a sério. Ou então levar logo na galhofa, na sacanagem, como de vez em quando acontecia no Café e Bar Flor de Benguela, do angolano Filipe:

— Lá no Congo, muitos anos atrás, teve uma rapariga que convenceu os portugueses de que era a reencarnação de Santo António, ó pá! Com essa, juntou ao redor de si magotes e magotes de oprimidos, a exigir a restauração da capital que os *tugas* tinham destruído. Santo António profetizava pela boca de um miúdo, de um *monandengue* pequenino... O que era mesmo um *prudígio*.

Essa curiosa história contada pelo Filipe era verdadeira, como eu li mais tarde. Chamava-se Dona Beatriz, a milagreira. Beatriz Kimpa Vita. E foi responsável por uma quase-revolta de graves proporções no Congo. Mas a festa acabou quando os padres descobriram que o *menino* era um anão já velhusco, que profetizava sob o efeito de uns copinhos de jeribita. Mas, depois da independência do Congo, Kimpa Vita entrou para a história do país como símbolo de resistência:

— Depois dela teve outras e outros místicos no Congo. Mas o objetivo deles era libertar o país do colonialismo. E nisso estavam certos, pois religião é pra libertar e não pra escravizar. De acordo?

O Filipe tinha ótimas histórias. E na roda do Benguela de vez em quando rolava uma piada de padre, de sacristão; e até de santo mesmo:

— Seu Manuel todo dia entrava na igreja pra pedir ajuda a Santo Antônio. Mas pedia de forma grosseira. E, como nunca era atendido, apelou pra agressão verbal. Levou uns quatro dias assim, xingando o santo e sem receber graça nenhuma. Então, ameaçou: se daquela vez não recebesse o que pedia, voltava amanhã e quebrava o santo inteiro. O padre ouviu e, preocupado, trocou a imagem, que era grande, por uma pequenininha. Assim, no dia seguinte, voltando possesso e a fim de cumprir a ameaça, Seu Manuel, quando viu o santinho, ordenou: *Vá chamar teu pai, que eu não bato em criança!*

Sinceramente, eu não acreditava em tudo o que diziam dos evangélicos. E sabia que havia muito protestante sério, sobretudo entre os clássicos, tradicionais. Mas, instigado pela questão, acabei tomando conhecimento da existência, lá embaixo na Cidade, de um Instituto de Filosofia das Religiões, conhecido como Ifir. Era uma ONG com sede na ladeira que vai dar num morrinho bonito e aristocrático, tanto que é chamado de "Outeiro", entre a Lapa e o Catete.

Um dia, fui até lá. E quem me atendeu foi uma senhora muito distinta, com jeito de irmã de caridade, que se dispôs a me ouvir e, ao saber o que eu pretendia, me explicou:

— Evangelho é uma palavra que vem do latim e do grego, com significado ligado à ideia de boas-novas, boas notícias, trazidas por um bom mensageiro, o *Ev-Angelus*. Designa os ensinamentos legados pela força da palavra de Jesus Cristo, contida em cada um dos livros principais do Novo Testamento. Igrejas evangélicas, então, são todas aquelas que proclamam os ensinamentos do Evangelho como a única salvação da alma após a morte.

Mas antes de haver igrejas evangélicas, eu ouvi falar, o que havia era o protestantismo, surgido no século XVI, na Alemanha, como um protesto contra alguns dogmas e se firmando como uma dissidência do catolicismo romano. Os protestantes, no entanto, não eram unidos, pois se dividiam em luteranos, calvinistas, anglicanos e zwinglianos. Mais tarde, eu aprendi, surgiram outras dissidências dentro do protestantismo, como a que deu lugar às igrejas congregacionais, batistas, quacres, metodistas, ao Exército da Salvação e finalmente ao pentecostalismo.

A boa senhora viu que eu tinha algum conhecimento; e aí me esclareceu melhor:

— Os protestantes, assim, foram se dividindo, com diversas modalidades de culto, umas mais contidas, outras mais histriônicas e espetaculosas. E foram se expandindo pelo mundo.

Perguntei pelo Brasil, e ela me respondeu na bucha:

— Da época de dom João VI até a República, vieram os protestantes históricos, como os das igrejas presbiteriana, metodista, batista e adventista, por exemplo. Da República Velha em diante, foram chegando os pentecostais. Até que foi fundada, aqui, a primeira igreja protestante brasileira, a Assembleia de Deus.

Além de distinta, a simpática senhora dominava mesmo o assunto; e agora chegava aonde eu queria:

— Nas duas últimas décadas, treze novas *denominações* foram criadas no Brasil. Na década seguinte criou-se outro tanto, numa velocidade espantosa. E agora, só nos últimos dois anos, a Assembleia de Deus já gerou catorze novas denominações.

Chamava-se Edwiges, a atenciosa senhora, que depois vim saber tratar-se de uma socióloga, com doutorado na França. E ela me explicou também o que era e como era constituída a Assembleia de Deus, com seus "ministérios", seus "missionários" e sua obrigação de levar a "boa-nova", a "palavra de Deus", em todas as direções.

Enquanto a dra. Edwiges me ensinava todas essas coisas bonitas, eu reparei que um velhinho careca, de barba tipo "cata-piolho", sem bigode, vestindo colete sobre a camisa de manga comprida mas sem gola, postou-se na soleira da porta e ficou escutando nossa conversa. Até que, de repente, explodiu:

— Qual! Aí é que eles se ferram! Jesus foi um grande profeta, sim; mas Deus só há um, que é Alá. Divino e misericordioso. E ainda por cima eles andam misturando Novo Testamento com judaísmo. *Alá Ukbáru*!

O homem disse isso e foi saindo, irritado. A socióloga, certamente já acostumada àquele tipo de coisa, o desculpou:

— É o Djibril, coitado! Ele é muçulmano. Trabalha aqui com a gente há muito tempo, mas já está caducando; e criou essa birra com os evangélicos. Mas, como eu ia lhe dizendo, a Assembleia de Deus atua buscando o efeito multiplicador: através do proselitismo ela forma uma rede, que está sempre crescendo.

A simpática boa vontade da dra. Edwiges garantiu minha inscrição, naquele dia mesmo, num programa de cursos do Ifir. Onde aprendi muita coisa, me entristecendo com algumas. Como, por exemplo, que, quanto mais pobre a região, maior a proporção de igrejas evangélicas em relação ao número de habitantes e domicílios. No estado do Rio, por exemplo, a Baixada, naquele momento, era a região majoritária. E, nela, a sub-região de Marangatu despontava como a campeã das campeãs.

14. GREGOS E TROIANOS

Havia já algum tempo que o nome Marangatu era falado como cenário de crimes cometidos ou consumados com características inusitadas, ou pelo menos estranhas. Assim, numa bela manhã de sábado, a vizinhança falava de um "presunto" encontrado na calçada do bar do angolano Filipe. O cadáver, encharcado de sangue, fora encontrado com uma enorme incisão do lado esquerdo do peito, por onde o coração teria sido retirado. O mais terrível é que a garganta, como contavam, também fora cortada e, pela abertura, a língua teria sido puxada, para ser exposta — digamos assim — como uma gravata. Coisa horripilante! Ainda bem que não me dei o trabalho de ir lá ver se era verdade.

Realidade mesmo, por esse tempo, era o fato de que a cocaína tinha já deixado de ser uma droga só de ricos, pois um papelote custava metade do preço de uma garrafa de cachaça. Mas a situação do Brasil não era a mesma da Colômbia ou da Bolívia. O país não tinha, pelo que eu sabia, plantações extensivas de coca nem jamais refinara grandes quantidades da planta; por isso, aqui, não havia cartéis como os colombianos e bolivianos, cujos países sediavam as grandes quadrilhas do narcotráfico, mas não dispunham de muitas vias de acesso aos centros desenvolvidos. O Brasil era, nesse caso, mero corredor de exportação, pois tinha, com os mencionados países, fronteiras imensas e abandonadas por onde chegava a droga, que também entrava por diversos portos em todo o litoral, e por aeroportos internacionais.

Mas será que isso explicava tudo? O que estaria de fato ocorrendo?

Na manhã seguinte, o dia mal raiava...

> *Os primeiros moradores saindo para o trabalho tiveram uma surpresa. No meio do Terreirão, para onde convergia a vida pulsante da Comunidade, ainda meio encobertos pela bruma, estavam estacionadas três enormes carretas fechadas. Na maior delas, Dona Doca, faxineira diarista na zona sul do Rio, leu com dificuldade, mas em voz alta, o letreiro: Gran Circo Cavalos de Troia. E ficou feliz, embora nunca tivesse visto um circo chegar assim, na noite escura e sem chamar atenção. Até que, logo depois, ela ainda descendo a escadaria, os foguetes espocaram. E aí aconteceu. De dentro das três carretas, abertas ao mesmo tempo, dezenas de homens e mulheres uniformizados, portando armas de guerra, saíram atirando para todos os lados, numa artilharia enlouquecedora. Fumaça, fogo, gritos, gente caindo...*

Dona Doca acordou muito assustada, molhada de suor: Puta que o pariu! Quase seis horas! E eu tenho que estar em Copacabana às oito, minha Nossa Senhora!

De fato, estava tudo virado de cabeça pra baixo.

15. SEM CORAÇÃO

Não fazia tanto tempo assim que eu conhecera Marangatu. E a fixação de meu domicílio aqui na região se deu por recomendação dos guias espirituais da minha mulher. Naquela época, as igrejas dos crentes já predominavam, e já havia bocas de fumo. Mas ninguém era considerado *alemão*, inimigo, só por vestir roupa branca. Até bem pouco tempo, tanto na Fazendinha quanto na Mafuta, no Pau Fincado e nas outras favelas, objetos e símbolos de crenças diversas conviviam sem problemas, assim como faixas e cartazes anunciando cultos e campanhas de igrejas evangélicas. As referências a São Jorge e Ogum eram frequentes, inclusive nas sedes de algumas associações de moradores. São Jerônimo, associado a Xangô na umbanda, também aparecia, com o leão ao seu lado e a Bíblia no colo. E tinha também a escrava Anastácia.

Depois de São Jorge, os santos mais presentes em pinturas e altares eram São Cosme e São Damião. Os festejos, no dia 27 de setembro, constavam principalmente de oferendas de guloseimas doces distribuídas às crianças, em pagamento de promessa ou por habitual devoção. Os doces eram acondicionados em saquinhos com a imagem dos santos, vestidos nas cores verde e vermelha. Os ofertantes chamavam as crianças e as organizavam em fila para receber cada uma o seu saquinho. Devido ao grande número de residências distribuindo doces naquela data, as crianças costumavam passar o dia inteiro indo de casa em casa, às vezes até percorrendo grandes distâncias, para acumular orgulhosamente tudo o que conseguiam e levar para casa no fim do dia. Muito mais por prazer do que necessidade.

Os devotos de mais posses, como bicheiros e traficantes, ofertavam, além dos doces, brinquedos, roupas e outros presentes. Alguns, em certos casos, distribuíam dinheiro, ou o atiravam ao acaso, principalmente moedas, pelo prazer de ver as crianças até se engalfinharem na cata. Já o povo do candomblé, seguindo a tradição baiana, costumava festejar a data com o chamado "caruru de Ibêji" ou de "sete meninos", servido em pratos, mas devendo ser comido com a mão.

Uma das festas mais bonitas era a realizada por Dona Maria Maia, a Tia Maricota. Em vez de distribuir os doces no portão, em saquinhos, ela os servia, em pratinhos, numa mesa comprida no quintal, toda enfeitada em azul e branco, cores de Iemanjá, sendo as crianças servidas por grupos, de acordo com a capacidade da mesa. Enfim, qualquer que fosse a forma do oferecimento, o dia de Cosme e Damião era sempre um dia de muita fartura e alegria.

E tinha também a escrava Anastácia, santa da devoção popular. Segundo a crença, ela teria sido uma princesa angolana supliciada na Bahia e falecida no Rio de Janeiro. Eu li, não lembro onde, que a figura usada como sua representação física teria por base uma gravura feita pelo artista francês Arago, quando de sua passagem pelo Rio de Janeiro no tempo de dom João VI, e reproduzida em vários livros estrangeiros. Nessa estampa, vê-se uma escrava amordaçada por um instrumento de castigo. Mas a idealização popular de sua figura, romantizada, inclusive, através de uma suposta história de amor, a retrata como uma bela negra de olhos incrivelmente azuis.

Essas rememorações eram feitas em mais uma sessão de nossa pequena roda de amigos, entre mim, Seu Aleixo e o Fraga, além de uns dois ou três participantes eventuais — gente que vinha "tomar uma", se metia na conversa, dava um palpite e saía fora — e do Filipe angolano, que era o dono da casa.

— Não sei se alguém aqui se lembra do Henricão.

— Quem não se lembra? Foi o primeiro traficante daqui a ser famoso para além de Marangatu.

— Nas segundas e sextas-feiras ele se vestia todo de branco, dos pés à cabeça. Sem nunca sair sem o cordão grossão de ouro, com a medalha grande de São Jorge e outra menor da escrava Anastácia.

— Pelo que sei, foi o primeiro traficante a mandar levantar, num morro, no ponto mais alto, uma Cruz de Cristo, pra mostrar a fé e o poder que tinha.

— Em qualquer morro, o Cruzeiro, no ponto mais alto, para se ver de longe, inclusive de noite, iluminado, é o monumento mais importante. Além de ser um local para as pessoas irem acender velas para as almas.

Henricão era pintado pela polícia como um exu. Para realçar suas alegadas características malignas, eles o descreviam caminhando pela favela com uma capa preta e vermelha esvoaçante. Quando de sua morte, espalharam que ele teria ido se encontrar com Satanás. Tornaram-se comuns associações de bandidos odiados com entidades afro-brasileiras apontadas como malignas. Isso se tornou, então, constante nos discursos de autoridades policiais e no noticiário da imprensa sensacionalista. E pastores oportunistas parece que viram aí o caminho ideal para sua pregação.

Estávamos nós nessas divagações quando ouvimos um grande tiroteio. Fomos ver o que tinha acontecido. Um grupo de mais de trinta homens armados e encapuzados tinha fuzilado 21 pessoas, todos jovens, na Fazendinha. E isto apenas seis dias depois de, lá embaixo, na Cidade, seis policiais militares terem saltado de duas viaturas em frente à igreja da Candelária e feito fogo. A imprensa divulgou um perfil dos PMs em geral: com salários menores que os dos trabalhadores da limpeza urbana da prefeitura carioca, eles, mal treinados e malvistos, integravam uma corporação falida, sem armas para enfrentar o narcotráfico. Segundo os jornais, seriam comandados por oficiais sem moral junto à tropa e que, além de corruptos, incentivavam atos de indisciplina nos quartéis.

Como pano de fundo, o mistério dos corpos *sem coração* perdurava. Segundo matéria na *Voz da Lavoura*, uma senhora contava que, por volta das oito e meia da noite, estava na sala, vendo o *Jornal Nacional*, enquanto seu marido conversava com um colega do lado de fora. De repente, ela ouviu um tiro e gritos vindos do portão. Assustada, levantou-se, saiu e viu a cena terrível: na calçada, seu marido, baleado na cabeça, com um buraco no peito... Sem o coração.

O relato foi considerado fantasioso, por não ter havido, entre o disparo e a chegada ao portão, lapso de tempo que possibilitasse a retirada do órgão.

16. THÉODORE

Soraia dos Santos Sacramentos, embora talvez já na fase dos "enta", era uma jovem senhora alegre, brincalhona, engraçada. Não deixava de se arrumar bem, e tinha em casa muitas roupas bonitas, joias, colares, perucas — turbante só no terreiro.

Usava a mentira e a dissimulação como armas, falando e conversando sobre todo e qualquer assunto. Grande apreciadora de dinheiro — tanto de ganhar quanto de gastar —, da união que teve com um estrangeiro misterioso, um dia, surpreendeu-se recebendo uma bolada do exterior. E esta era sua justificativa para as festas de arromba que gostava de dar: "Dinheiro tem é que circular", dizia. E era vaidosa. Assim, depois de muito se olhar no espelho e ouvir falar em obesidade, chegou à conclusão de que estava muito gorda, aliás, como quase todas as mulheres da Fazendinha, desde o tempo da Cheirosa. Então, resolveu consultar um renomado especialista:

— Como é seu dia a dia, Dona Soraia?

Numa avaliação, o médico lhe disse que a obesidade era causada por fatores psicológicos. O alimento e as guloseimas que ela comia e bebia em excesso — biscoitos, doces, massas, sanduíches, refrigerantes — desempenhavam o papel do carinho, do afeto que lhe faltava. Disse o doutor que ela devia estimular seus interesses existenciais, seu modo de vida, em vez de deixar crescer a atração por comida. Soraia achou aquilo tudo uma besteirada. *O que é que tinha uma coisa a ver com a outra?* E saiu do consultório luxuoso aborrecida e irritada com o tempo que tinha perdido *com aquele médico de araque; e ainda por cima meio fresco*, como prejulgou. Mas as palavras do endocrinologista ficaram martelando em sua cabeça. Daí, passando algum tempo, retomou a ideia de criar uma ONG. E criou mesmo a "JB, Jamaican Buccaneers". Entretanto, isso despertou a animosidade do narcotráfico. Seu discurso — aqui não tem *fast-food*, não tem cinema, não tem nem açaí: só tem baile funk, por isso a juventude fica desorientada — não agradou nem um pouco ao pessoal do movimento.

Desagrados à parte, o mistério sobre os corações arrancados continuava. Agora, no que parecia ter sido um latrocínio, numa casa na Reta do Murucu, um casal de velhinhos teria sido barbaramente decapitado e pendurado pelos pés nas vigas da varanda. De cada um dos corpos, o sangue gotejando. Segundo testemunhas, uma incisão no centro do peito. E o detalhe se repetia: os corações supostamente arrancados.

A notícia do crime e seus detalhes macabros causaram comoção e revolta, mas a alguns quilômetros dali os foguetes espocaram. O antigo distrito de Agronomia emancipava-se de Morgado, passando à categoria de cidade e município, livre e independente, destacando-se entre as unidades integrantes da região metropolitana denominada Grande Marangatu e tendo como unidades distritais as localidades de Areal, Pedreira e Usina — esta logo apelidada de "Chorume", não se sabe o porquê. A autonomia causou ciúmes e motivou protestos em Murucu, São Francisco, Moquetá, Guanduaçu, Guandumirim; e até na distante Aljezur. Mas ela decorreu principalmente dos ambiciosos projetos de pesquisa científica desenvolvidos na Universidade Campestre. Entre esses projetos, espantava e sobressaía o de plantio, colheita e beneficiamento da mamona, abundante no antigo povoado.

— A mamona, *Ricinus communis*, planta da família das euforbiáceas, da qual se extrai o óleo de rícino, é em geral uma árvore pequena, mas cheia de galhos. Seu caule se parece com o de uma erva, cavo ou escavado enquanto novo; mas com o tempo endurece. Folhas grandes; flores formando grandes cachos eretos; e o fruto é uma cápsula espinhosa que lembra um carrapato grande.

A aula era dada para uma plateia desatenta, alguns cochichando ou fingindo anotar, outros com o olhar perdido...

— Por isso, a planta é chamada também de carrapateiro ou carrapateira, além de rícino e palma-de-cristo. Das sementes obtemos um óleo de efeito purgativo, muito usado no combate aos vermes dos intestinos.

Falando para si mesmo, o jovem ilustrava sua explanação desenhando no quadro-negro, com capricho, diagramas pentagonais de química orgânica.

— Esse óleo é também largamente empregado na indústria química por possuir um componente, a hidroxila, ligado na cadeia do carbono, o que é uma característica muito peculiar. E era já utilizado no tempo dos antigos egípcios, sempre pioneiros, como um óleo para lâmpada e unguento, que é o nosso conhecido óleo de rícino.

A exposição, espécie de aula-teste, era feita por um aluno, candidato a assistente do professor titular; daí o descaso da turma, numa reação completamente diferente da que provocava o "dr. Teodoro"; que na verdade se chamava Théodore, ou melhor: Aimé Théodore. Este, sim, velhote simpático, baixinho, que, com seu enorme conhecimento, sabia animar uma aula!

Nascido em Rondônia, o mestre era neto de um casal de antilhanos, chegados ao norte do Brasil por ocasião da implantação da ferrovia Madeira-Mamoré, quando muitos "pretos franceses", como diziam os locais, se instalaram por lá. Por isso, tinha um sotaque meio arrevesado, talvez mais por charme, e volta e meia usava palavras e expressões francesas em suas conversas.

Boina de lado, lenço de seda no pescoço, perfume Fleur de Rocaille, fanático por Édith Piaf, o professor era internacionalmente célebre como grande botânico. Em seu laboratório na Campestre desenvolveu mais de trezentos produtos à base de mamona, como óleos medicinais e cosméticos, papel, creme de barbear, material de revestimento, sabão etc. Graças a suas descobertas, novas indústrias vinham sendo criadas no município da Agronomia e arredores, gerando empregos para milhares de trabalhadores. O que, entretanto, ninguém sabia era que o dr. Teodoro aliava a seus conhecimentos científicos a condição de mago e ritualista. Iniciado em artes divinatórias de suas origens africanas, especializara-se como herborista — *métre dezerbes* — como revelava aos íntimos. Ele, como poucos, conhecia os poderes da mamona. E lembrava:

— No francês do Caribe o nome da mamona, ou rícino, é *ricin*, e soa *ricén*. Aí, a gente *commence* a ver que seu nome *brésilien* não é feminino de "mamão", como se imagina: vem de Angola, da língua do povo quioco, do substantivo *mamono*, plural de *limono*, também relacionado a *mumono*, na língua do povo ambundo, todos significando "rícino", que é outro nome da planta.

O dr. Teodoro — que a ralé, às suas costas, referia desrespeitosamente como "Professor Mamona" — explicava tudo isso com o ar meio debochado de seu temperamento brincalhão, apesar de forte. Mais tarde, o angolano Filipe, cheio de orgulho, me confirmou a origem da palavra.

A amizade de Teodoro com Soraia, que a maledicência logo viu como "um descaramento", procurava dar a ela melhor entendimento sobre coisas que sua percepção apenas tangenciava. Sobre o candomblé, por exemplo, o cientista mostrou que a profundidade dessa prática reside no oráculo Fá ou Ifá, interpretado pelos "pais do segredo", os *bokonon* ou babalaôs; e que é capaz de responder a todas as inquietações das pessoas a respeito de mistérios como a razão de ser e a verdade da vida:

— A verdadeira religião africana, *ma chérie*, é sociologia, antropologia, psicologia... Tudo conjugado numa só concepção religiosa. O objeto não é poder, dominação, nada disso; o oráculo não se ocupa de futilidades, como trazer de volta o amor perdido nem fazer você ganhar na loteria. O que ele mostra são as possibilidades de afastar, tanto quanto possível, a morte, a doença, as perdas, a infelicidade... E garantir saúde, paz, desenvolvimento e estabilidade, através da mobilização das forças do universo.

— Forças? Como assim?

Soraia não entendia. Então, Teodoro lhe explicou, nos termos da melhor filosofia africana e numa linguagem bem acessível, que o universo funciona pela integração de todos os seres visíveis e invisíveis, animais, vegetais e minerais, sob a influência de uma força superior, incriada e criadora, que sempre existiu, antes de todas as coisas. Que cada ser é o elo de uma corrente que o conecta, em cima, aos que lhe deram origem; e embaixo aos que originou. Que esses seres se alimentam de energias transmitidas de uns para os outros, como, por exemplo, os nutrientes das plantas e o sangue dos animais; e também das ações humanas. Acima disso tudo — o cientista afirmou com muita convicção — está a força superior, que não interfere no movimento, pois já fez o que tinha que fazer.

Soraia achava tudo isso muito estranho; e começava aí a desconfiar que o "Professor Mamona", como o povo chamava, realmente não batia bem da bola.

Entretanto, além de filosofia, o dr. Teodoro mostrava a Soraia muito de suas concepções sobre o racismo e a discriminação contra os negros:

— *Mon papá* dizia que pelo fato de sermos negros, *gens de couleur*, tínhamos que ser melhores em tudo. Esse era o discurso da época dele. *Aujourd'hui* eu penso que o importante não é sermos melhores, mas estarmos em paz com nossa consciência, confiantes, trabalhando para que todos sejamos iguais, negros, brancos, indígenas...

Em certo momento, Soraia reagiu ao cientista, questionando o fato de ele ser casado com uma mulher branca, o que motivava muito falatório a seu respeito. E o amigo pacientemente argumentou:

— *Ma chérie!* A afetividade não tem cor. E eu conheci minha mulher no *mouvement* estudantil. *Savez-vous* quantas mulheres da minha cor havia nesse ambiente, na minha época de estudante? Ahn?

Não se dando por vencida, Soraia tentava contra-argumentar. Para ela, a escolha do amigo implicava uma desvalorização das mulheres negras.

— *Non, ma petite fille!* — Teodoro falava com muito jeito. — Esta foi a minha forma de buscar *l'égalité*, a igualdade. Toda contribuição para a eliminação do racismo é válida. Venha de onde vier e como vier.

Então, Soraia resolveu desabafar em vez de discutir:

— Eu mesma, durante muito tempo, tive vergonha da minha aparência física, do meu corpo. Na escola, eu achava que todas as meninas eram melhores do que eu. E o pior é que eu não me considerava negra. Negra tinha beiço, e meus lábios eram finos; tinha pele preta, e a minha era morena... Mas o caso é que eu era pobre.

Teodoro não tinha muito que explicar:

— Minha luta nesse campo vem de muito longe, *ma chérie*! Eu participei da fundação de diversas *associations* do movimento negro. Nos primeiros congressos, em âmbito estadual, da região Sudeste, eu estava lá na organização, pegando no pesado. *Allors*, eu hoje vejo que, do *ponto de vista* da compreensão do racismo e das extensões psicanalíticas desse *problème*, nós avançamos pouco.

O cientista fazia uma espécie de autocrítica. E concluía dizendo que, naquele momento, ao que sabia, de longe, a ação da militância pelos direitos do povo negro tendia a ser mais ampla, diversa, multiforme, articulada internacionalmente. E parecia propor um caminho construtivo para o país. Caminho em que o problema era dos agentes, e não das vítimas da discriminação. Para ele, a inclusão era pensada não a partir de emprego, e sim de cidadania. E a luta pela implantação de políticas públicas de ação afirmativa, como aconteceu na Índia, nos Estados Unidos e em outros países, deveria ser a grande prioridade dos "pretos e pardos", como classifica o IBGE.

Não ouso dizer que Soraia tivesse assimilado isso tudo. Aliás, acho que não. Mas pelo menos as teorias do dr. Teodoro acrescentaram mais um componente a esse todo difícil de explicar chamado Soraia dos Santos Sacramentos, ou Iaiá de Marangatu. Que, dias depois de uma dessas conversas, recebia carta de seu irmão Paulo Índio, devidamente camuflada, dando notícias. Clandestino e foragido, ele estava em um país do noroeste da América do Sul. Pedia desculpas por ter interrompido as remessas de dólares que periodicamente lhe endereçava. O motivo era que, desde o início da década, seu trabalho tinha se tornado cada vez mais difícil, pela ação de diversas forças contrárias. A organização multinacional à qual servia enfrentava sérios problemas, e ele se transferira para a concorrente, onde conflitos de liderança emperravam o ritmo dos negócios. Apesar da fase adversa, pedia que ela não se preocupasse, pois uma nova remessa de "verdinhas" estava a caminho; e que ele, muito brevemente, estaria de volta, para se estabelecer no Brasil.

Nesse meio-tempo, o bispo dom Honório Heráclito falecia, aos 78 anos, de causas naturais. O povo o homenageou com o maior funeral jamais realizado em Marangatu. Num velório que reuniu quase toda a população da Grande Marangatu, seguido de um cortejo funerário de muitos quilômetros, em que se fez presente inclusive Sua Santidade, o papa, naturalmente cercado de forte esquema de segurança. Tão forte que ninguém o percebeu. Só Seu Aleixo Carpinteiro.

Na ocasião, numa entrevista concedida à Rádio Solimões, o Fraga dizia:

— Dom Honório era cobra criada, sabia onde a coruja dorme. Desculpe o que eu vou dizer, mas tinha toda a consciência das barbaridades que a igreja dele cometeu no passado. O Estado brasileiro era católico e não fazia nada sem pedir a bênção ao Vaticano. E tem mais: o Brasil foi o último país daqui de baixo a deixar de ser monarquia. E a República chegou na parada mais aristocrática que o imperador. Dom Honório sabia que aí é que morava o perigo, o ponto "x" de todas estas mazelas e quizilas que a gente sofre até hoje: o latifúndio, a desigualdade, o analfabetismo, o preconceito contra o povo de cor, contra índios, crioulos e descendentes. Esse bispo jogava no meu time, compadre.

Dois ou três dias depois, nosso amigo Fraga sumia do mapa sem deixar pista. E, quase ao mesmo tempo, os jornais noticiavam a morte do coronel Benedito de Oliveira, o primeiro negro comandante da Polícia Militar: "Depois de, como secretário de estado, ter trabalhado para afastar dos quartéis a truculência e a corrupção, propiciando aos oficiais aulas de sociologia, direitos humanos e cidadania, o coronel Benedito de Oliveira, reformado, trabalhava em um projeto de combate à violência urbana, quando tombou vítima de execução sumária no centro da capital", publicou *O Fluminense*. A suspeita do assassinato recaiu sobre integrantes de grupos de extermínio e lideranças da contravenção.

Mas o coronel não era uma unanimidade, e sua morte provocou polêmica. Para uns, apesar de inteligente e preparado, ele era tido como um dos responsáveis pelo agravamento da violência urbana, consequência de sua política de direitos humanos. A violência ante a civilidade teria feito crescer a corrupção policial e cristalizado a figura dos bandidos de farda corruptos.

A controvérsia era talvez alimentada pela colocação do foco do problema no fim do pavio e não nos componentes do explosivo. E as discussões ganhavam contornos inusitados.

— Foi o pior comandante que a gente já teve aqui.

— Porque era preto?

— Não! Preto eu também sou. Foi o pior porque embarcou na canoa furada do governador e obrigou a gente a chamar vagabundo de "vossa excelência".

— Mas ele devia obediência ao governador, colega! E o homem queria atacar as causas da violência e não os efeitos. Isso é uma questão que a gente tem que estudar direitinho.

17. PERFORMANCES

— Fazer o quê, não é? A vida segue e a gente tem que seguir com ela.

Assim falava Luciana, filha de Soraia que, estranhamente, tinha vida pessoal completamente fora da influência materna. Mãe dos adolescentes gêmeos Wesley e Wenderson, era separada do primeiro marido. Recém-amigada com Gilmar, tão jovem quanto ela, ganhou dele uma enteada, ainda menina, Hadrielly.

No mês em que *casou*, perdeu o filho mais velho, de 17 anos, morto por traficantes, mas não gostava de falar desse assunto. Só dizia que não conseguiu enterrar o filho, porque o corpo desapareceu, talvez esquartejado e incinerado na fogueira de pneus chamada *micro-ondas*.

Luciana tinha sido mãe muito nova. E não via nenhuma vantagem nisso; muito pelo contrário:

— Tem garota aqui que acha bom ganhar neném logo. Imagina que uma me disse que é bom, porque as crianças têm mais chance de conhecer avó, bisavó, tataravó e até mais. E a maluca ainda fez a conta, quer ver só? Disse que uma mulher que foi mãe com 13 anos, se suas descendentes forem no mesmo ritmo, com 65 anos pode ser tataravô, com uma filha de 52, uma neta de 39, uma bisneta de 13, e uma tataraneta recém-nascida.

A conta estava certinha. Mas Luciana não entrou nessa; e não se acomodou. Naquele ano, terminara o ensino fundamental, estudando à noite na Escola Municipal Mary Bethune, denominação evocativa de uma pessoa que ela nunca soube direito quem foi. Diziam ter sido uma grande educadora americana, cujo nome completo era Mary McLeod Bethune. Na escola havia um retrato da personagem. *Mas aquela não podia ser ela, devia ser engano.*

A foto era de uma mulher preta, de boca grande e lábios grossos, que por sinal lembrava muito sua avó. *Deixa pra lá.* O caso é que era para Luciana ter concluído o curso junto com os dois filhos. Mas Wesley fora reprovado na sétima série.

Para terminar o curso, Luciana teve de encontrar tempo entre as horas no seu trabalho de seleção do material reciclável coletado por catadores de lixo. E passar diariamente por homens e meninos armados com fuzis e pistolas, numa convivência em que o pacto silencioso de respeito mútuo começava a ser quebrado principalmente pela corrupção de policiais.

Uma grande coisa para Luciana foi ver os filhos adolescentes participarem de atividades na JB, Jamaican Buccaneers, a ONG da Fazendinha. Através dela, os jovens teriam oportunidade de conhecer, fora da favela, um mundo que ela sozinha jamais teria condição de lhes mostrar.

Wenderson tocava percussão — ela dizia "percursão" — na banda da ONG e já tivera oportunidade de viajar, conhecer alguns lugares diferentes e gente importante, o que não aconteceria se fosse do tráfico.

Luciana amigou-se com pouco mais de um mês de namoro. E a mudança de vida foi total. Mudou de um conjugado para uma casa, modesta, mas com dois quartos, que Gilmar comprara, pagando a longo prazo. Os filhos ganharam um quarto só pra eles. Nos momentos de lazer, a mudança também foi grande. Antes, o programa de domingo era só ver televisão. Agora, já podia ir ao forró com o marido pelo menos uma vez no mês. E em casa já tinha geladeira, som, um fogão novo e até o laptop pros meninos, *tudo tirado no carnê das Lojas Natal.*

Já havia sido faxineira, vendedora de Avon, de lingerie, de revistas, e até de balas e chicletes em sinais de trânsito, a Luciana! Agora, podia se dar ao luxo de comer uma pizza, um hambúrguer, um sorvete. E por isso engordara bastante. Bem pior que a gordura, entretanto, era o perigo que corria naquele lugar com tanto mosquito causando doença.

— Eu faço a minha parte: não deixo água acumulada em vaso, procuro manter tudo limpo. Mas e os outros? *Hmmm... É ruim, hein!?* — ela dizia.

O assunto era objeto das preocupações também do Instituto de Biologia Animal da Universidade Campestre. Mas a maior atenção da equipe de cientistas estava no desenvolvimento de pesquisas na área da conservação de organismos, através principalmente de seu espetacular laboratório de criogenia.

— Essa tal criogenia é papo de ficção científica, meu compadre! Imagina o que é congelar um presunto numa temperatura extrema, pra um dia ressuscitar. Não é mole, não! Mal o "de cujus" fecha o paletó e os médicos, pra evitar o estrago, injetam lá química e ligam a máquina pra manter o sangue e o oxigênio circulando. Já pensou? Coisa de filme, meu chapa. E já tem mesmo! Na real.

Quem assim explicava era o Fraga, o escritor de Marangatu. E o ambiente, como sempre, o Flor de Benguela, do Filipe Munganda. Que também gostava do assunto e tinha a lição decorada:

— *Criugenia* é nada mais que a ciência da produção e manutenção de temperaturas muito baixas em determinados sistemas. E é também o estudo dos fenómenos físico-químicos que se produzem nesses sistemas em todos os seus aspetos.

Era engraçado como o angolano pronunciava certas palavras: "criugenia", com "u"; "fenómenos", com "o" aberto; e "aspetos", em vez de "aspectos", como nós falamos. Essa tal de "última flor do Lácio" realmente tem muitas pétalas... E também era múltiplo o nosso taberneiro; dizia que havia tido oportunidade de ver como o congelamento era feito:

— O corpo é envolto em uma manta térmica especial e transportado até o local onde se estará a conservar. As baixas temperaturas farão com que o cérebro exija menos oxigênio e mantenha os tecidos vivos por mais tempo. O sangue estará a ser retirado ao mesmo tempo em que se insere nas veias uma substância química à base de glicerina. Completamente vitrificado, o corpo há de ser ensacado num plástico e imerso em um cilindro de nitrogênio líquido...

As conversas sobre criogenia, tema que efetivamente pertence mais ao domínio da ficção científica, também já circulavam fora do âmbito da Campestre e costumavam chegar até mesmo à subida da serra, onde uns poucos jovens da Fazendinha já conseguiam ingressar na universidade, graças ao sistema de cotas. E isto num momento em que o nome do lugarejo, outrora conhecido como Cheirosa, já designava um complexo de favelas, constituído por seis comunidades com perfis e culturas diferentes.

O núcleo original da primeira dessas favelas fora o quilombo de Catarina Mafuta, na parte mais alta da serra, onde depois se levantou a Caixa d'Água, construída pelo Ministério da Viação e Obras Públicas, como ainda se lê na placa chumbada na construção. O reservatório tinha capacidade para muitos mil litros de água e era dividido em doze tanques e três corredores, como costumava mostrar, orgulhoso, o Manobreiro, um sujeito odiado pela maioria da população face ao zelo excessivo com a tarefa que desempenhava. Senhor de um grande poder, quase sempre exercido com arrogância e arbitrariedades, ele, bêbado e pirracento, abria e interrompia o fornecimento de água a seu bel-prazer e com isso prejudicava e exasperava aqueles que iam à bica com suas latas para encher e levar para casa.

Depois da reforma do cubano Johnson, a Caixa d'Água, reconstruída, passou a integrar o Casarão, servindo também como piscina particular. Mas, antes, o seu funcionamento era absolutamente pontual, e o líquido precioso chegava às casas com toda a regularidade, através dos encanamentos conseguidos na prefeitura pela moradora. Pelo menos era o que dizia uma parte da comunidade, pois a outra parte reclamava que, após a morte do velho Manobreiro, um outro, igualmente sem escrúpulos, servia a casa da Iaiá — tratamento que eu sempre evitei. Segundo esse pessoal, através dele, Soraia chantageava a favela, interrompendo o fornecimento de água quando era contrariada em suas pretensões. Assim, ela mandava em Marangatu mais do que todas as autoridades constituídas, como diziam.

Na arquitetura do complexo da Fazendinha, conviviam, nesse momento, barracos, bangalôs, pequenos prédios de apartamentos e verdadeiras mansões, apalacetadas. Em sua cartografia, cruzavam-se becos surgidos em função de necessidades e costumes comerciais, de serviços e religiosos. Estes eram templos evangélicos de várias denominações e uma solitária igreja católica, sendo que os três terreiros de candomblé (queto, jeje e angola) e duas tendas de umbanda (uma tradicional, outra de linha "branca", que acusava a primeira de praticar feitiçaria) já não existiam mais, pelo menos publicamente. Quanto a ofertas de consumo cultural, num cenário sem cinema, teatro ou biblioteca, o que galvanizava mesmo as atenções, embora só de outubro ao carnaval, era a escola de samba, sempre na esperança de ascender ao "grupo especial", como a "outra", que desfilava na avenida, lá embaixo.

Nesse ambiente — como se dizia, sem nenhuma prova conclusiva —, Soraia, hábil negociadora, teria feito acordo com o narcotráfico, favorecendo-se da paixão de Maranhão, um dos donos do movimento, por sua quase neta Dri, de triste destino.

Enteada de Luciana — filha de Soraia —, Hadrielly, a menina mais bonita da favela, chegando à adolescência, logo foi notada por sua beleza. Alta, pele acobreada e brilhosa, cabelos lisos, rosto harmoniosamente ovalado, profundos olhos negros, nariz insolente, lábios muito bem desenhados, corpo escultural, quadris largos e seios pequenos, era naturalmente uma diva. Consciente disso, era insinuante e calculista. E, assim, cedeu ao assédio de Maranhão, bandido perverso, matador impiedoso que, desgraçadamente, caiu de amores por ela. Diante de Dri, como era chamada, o monstro assassino transformava-se no escravo mais dócil e obediente, a ponto de lhe dar comida na boca, limpar seus lábios com guardanapos e satisfazer a todos os seus caprichos. Toda semana, a bela ganhava um presente de Maranhão. E era sempre algo caro e vistoso, como joias, roupas, sapatos, bolsas e dinheiro, tudo fruto de roubos, furtos, extorsões.

Um dia, Dri desejou uma moto Suzuki GSX-R1000. Maranhão deu. Passou um tempo, quis um automóvel Porsche 918 Spyder. Maranhão reclamou, mas acabou dando um jeito e satisfez o desejo dela. Da mesma forma que atendeu ao capricho, por ela manifestado, de ter uma casa de dois andares com varanda no Bairro da Luz e um sítio de 50 alqueires em Campo Lindo, no km 32 da estrada Rio-São Paulo. Tudo com escritura e RGI, como ela exigia. Até que Maranhão foi preso e condenado, indo cumprir pena no complexo de Bangu.

Com menos de um ano, Dri passou a manter um romance com Marcelo, filho do coronel Victorio Cannaglia. Uma tarde, Zé Ruela, bandidinho do quarto escalão, flagrou a bela entrando num motel com o amante, no próprio carro que Maranhão tinha lhe dado. Ruela fotografou Dri saindo do carro dado pelo corno. E dias depois procurou a moça para chantagear:

— Eu vou te pegar também, sua putinha. Se não, vou botar a foto na internet e mandar pra ele ver.

Hadrielly não se intimidou e desqualificou o pé de chinelo:

— Você não se enxerga não, seu seboso?

Ante a recusa humilhante, Ruela espalhou a notícia e fez a prova da traição chegar até Maranhão. Dri tentou se defender, dizendo que o carro tinha sido roubado, e que a pessoa não era ela. Tentou convencer Maranhão de que tudo aquilo fora uma trama urdida por Ruela para tentar obter seus favores sexuais.

A sentença veio tempos depois, de dentro da cadeia. Ruela foi morto na rodoviária de Campos, quando tentava fugir de ônibus para o Nordeste. Marcelo Cannaglia foi executado quando chegava em casa, depois de um dia de trabalho. E Hadrielly, a moça mais bonita da antiga Cheirosa, foi morta numa sessão de tortura, comandada do presídio de Bangu, na qual Maranhão ordenou o esquartejamento de seu corpo em pedaços, cirurgicamente; mandando depois que dessem o resto à matilha de pit bulls que Dri mantinha no sítio de Campo Lindo.

O grande sonho de quase todas as meninas e mocinhas de Marangatu, sobretudo algumas das mais bonitas, dentro do padrão da TV, era serem vistas na tela e nas revistas de futilidades. Para atingir esses objetivos, faziam *qualquer negócio*, inclusive oferecer falsas amizades e carinhos ilusórios em troca de dinheiro, presentes e oportunidades, de preferência a homens mais velhos. Foi com uma dessas meninas que eu fiquei sabendo de uma das maiores qualidades do dr. Teodoro, o grande cientista da Campestre: ele era capaz de, num espaço de duas a três horas, praticar atléticas performances sexuais com ereção completa, ampla e irrestrita, à razão de uma a cada vinte minutos aproximadamente, o que dava uma média de três penetrações com ejaculação a cada hora.

— Com isso — a bela jovem me revelou —, tem menina que, em vez de receber dinheiro do professor, está pagando a lei pelos serviços. Chato é que ele não aceita cheque nem cartão, só dinheiro vivo.

Segundo a moça, o segredo do cientista seria uma planta que ele tinha desenvolvido e modificado no laboratório da Campestre, através da manipulação genética — ela não disse assim, mas eu concluí — de sementes de mamona. Entretanto, performances à parte, uma das pessoas que mais sinceramente sentiram o fim trágico de Hadrielly foi o professor Teodoro. Considerado por ela como um tio ou padrinho, o sábio lamentava muito não ter podido mudar o destino da menina.

18. COTIDIANO

Tem gente que gosta de histórias como esta; e até de morar em favela ou próximo. Eu, por exemplo, não gosto. Entretanto, muitas vezes sou forçado a ouvir relatos assim. Ouve, só!

— *Numa dessas, vinha eu cansado, chegando do trabalho, quando vi uma mulher desesperada, gritando por socorro, fugindo de um homem que corria atrás dela. De repente ela caiu e o cara começou a agressão, a soco e pontapé, xingando a coitada dos nomes mais cabeludos; cada nome feio que só vendo. Eu não conhecia os dois, mas logo pensei, pela violência dele e pelo monte de perdão que ela pedia, que se tratava de um casal, ela traidora e ele vingando a traição. Mas a mulher era muito moça, bonita e frágil; e o homem, apesar de forte, já meio coroa e muito feio. Fosse o que fosse, aquela mulher não merecia aquilo. E aquele pilantra não merecia aquela mulher. Então, como a moça continuava pedindo socorro, eu resolvi atender e me meti entre os dois, chamado o camarada à responsabilidade: "Você não se envergonha, não, ô rapaz? Um marmanjão como você espancando essa moça tão fina e tão arrumadinha?! Ahn?"*

Eu não tinha nada a ver com aquilo, mas o meu interlocutor, que eu não conhecia, sabia contar a história, me envolveu nela, e eu já queria saber o final:

— *Aí, ele me encarou, arreganhou os dentes e partiu pra cima de mim: "Ah, é? Então você acha ela arrumadinha, é? Então, vou desarrumar você também, seu xibungo!" O fortão caiu dentro. Mas eu não sou bobo, fiquei pequenininho e ele passou direto. E, quando veio de novo, dei-lhe uma banda e ele se estabacou no chão. Mas levantou rápido, que também não era trouxa. E já veio com uma peixeira na esquerda: era canhoto, como todo bicho brabo. Aí, eu saquei a sardinha, a sola, já aberta. Mandei-lhe na lata, mas ele escorou com o braço. Mandei outra e ele escorregou e caiu, soltando a peixeira. Aí, eu pulei em cima, montei nele e abri a navalha bem na cara larga dele e falei: "Olha só! Vou te economizar, mas tu tem que zarpar fora daqui da favela..."*

Parecia o final da história, mas ainda não era. O narrador era mesmo bom e tinha apenas preparado o desfecho, de fato surpreendente:

— *Quando eu estava dando a decisão, o paraíba conseguiu tirar um punhal da cinta e ia cravando nas minhas costas. Chegou a me furar. Mas eu pulei, me ajeitei melhor e imobilizei ele, e fui lanhando, cara, pescoço, peito, barriga, até ele estrebuchar. Aí, levantei todo ensanguentado e me dirigi à mulher, pensando que ela ia me agradecer e me socorrer. Sabe o que é que ela fez? Nessa altura já tinha juntado gente e a polícia já vinha chegando. Sabe o que é que ela fez? Começou a gritar de novo, agora chamando a polícia: "Socorro! Polícia! Esse assassino matou meu marido! Matou o meu amor, o primeiro e único homem que eu amei na vida! Ai, meu Deus do Céu! O pai dos meus filhos! O único homem que me fez feliz! Não deixava faltar nada em casa! Ai, meu Deus! O que será de mim agora?"*

Pois é, caríssimo leitor, finíssima leitora... Isso era favela! Naquele tempo, claro!

19. SAIONAS

Pouco tempo atrás, chegou a Marangatu uma moda feminina estranha. Eram umas túnicas fechadas até o pescoço, com mangas e saias compridas. Chamava a atenção o comprimento e o volume das saias, muito, muito largas. E rapidamente se expandiu a moda, a cujas aderentes o povo logo batizou de *saionas*.

Boa parte delas pertencia a uma seita. Mas não eram todas: algumas eram até bem pouco religiosas, pois fumavam, bebiam e faziam sexo por dinheiro. Até que Soraia me informou:

— Elas são *ladronas*, meu amigo. Debaixo daquelas saias, em toda a parte da frente, elas têm costuradas umas sacolas. *Cabem* coisa *pra dedéu*! Aí, elas entram nas lojas, vão fazendo a limpa e enfiando dentro das saias. Mas a polícia já está de olho e umas três dessas *saionas* já estão em cana.

Moda simples e prática! E, se tivesse surgido antes, poderia ter feito sucesso no elogiado filme *Marangatu*, baseado no premiado romance homônimo de Marcelo Sacramento, neto de Soraia. No filme, a outrora desconhecida localidade, bem como suas vizinhanças, teve seu nome divulgado internacionalmente. Mas essa exposição estigmatizou as comunidades locais, cujos nomes passaram a ser apenas sinônimos de violência e criminalidade. Delinquência de várias faces nas quais se incluíam, entre outros componentes, intolerância, racismo e homofobia.

Pai Vadinho de Tempo, por exemplo, foi vítima de morte suspeita. Segundo os primeiros indícios, alguém, num surto psicótico, teria acabado com sua vida enigmática. Mas o motivo do crime ainda era investigado, e a polícia trabalhava em várias linhas, cogitando também de divergências na escola de samba.

Na agremiação, Vadinho entrara em rota de colisão com Djalmão, o diretor de harmonia, o qual, por preconceito homofóbico ou outra razão misteriosa, jamais concordara com o protagonismo do pai de santo, sempre destacado pela mídia, nos desfiles da escola.

Djalmão não era de Marangatu, e sim carioca do Estácio — condição que blasonava como fundamental à sua condição de sambista. Ainda muito novo, como gostava de contar, fugiu dos maus-tratos do padrasto e foi viver na rua, lá pelas imediações da Central do Brasil. Por pequenas infrações e estrepolias, acabou recolhido ao SAM, o Serviço de Assistência ao Menor, tristemente célebre patronato correcional. Nessa espécie de reformatório, cresceu, ficou forte, safou-se como podia e aprendeu a ler e a contar. Além disso, desenvolveu uma incrível capacidade de sobrevivência, graças principalmente à sua destreza na pernada e na cabeçada. E, saindo de lá, já quase homem feito, Djalmão frequentou a praça Tiradentes e fez seu nome na Lapa, de terno tropical Super Pitex ou linho S-120, sapato de duas cores, ao lado de Dauro do Salgueiro, Rael Canelinha, Celso Pavão e outros grandes malandros, como gostava de lembrar.

Com o nome feito, frequentou os cabarés Casanova e Novo México; jogou sinuca no Salão Azul; namorou *cabeleireiras, manicures e enfermeiras*, como dizia, se gabando de comer tudo quanto era mulher. E tinha a versão mais correta e plausível sobre a morte do compositor Geraldo Pereira, naquele entrevero fatal com o malandro Madame Satã. Pelo menos isso era o que ele contava agora. E dizia — certamente em alusão a Vadinho — que só não usou cabelo esticado porque isso não era coisa de *sujeito homem*.

Todo esse currículo não impediu que, poucas semanas antes de um carnaval, Djalmão acordasse paralisado, todo duro, sem poder levantar-se da cama nem mexer sequer um dedo do pé. O primeiro a ser chamado foi Seu Alípio, que tinha sido massagista do Vasco e talvez pudesse dar um jeito. Mas... puxa daqui, estica dali, entre uivos e berros lancinantes de dor, não veio o alívio. O carpinteiro, acabrunhado, fechou a maleta, botou o boné inglês e foi embora.

Depois, foi o SAMDU, Serviço de Assistência Médica Domiciliar e de Urgência. Mas as injeções aplicadas e as receitadas não surtiram nenhum efeito. O remédio, então, foi chamar Vovó Maria Conga, *a que vence demanda*. E ela não só diagnosticou certeira e prontamente a causa como prescreveu a receita com todos os detalhes.

O trabalho tinha sido muito bem-feito, por gente de fundamento. Raízes e folhas picadas de makaia-mazunga, gunga-maxíxi, dunga-malanga e jimboa; sete pimentas-malaguetas; duas cabeças de jiboia, vinho, cerveja e cachaça, tudo cozido numa panela de barro nova... Mas o antídoto estava à mão: outra panela de barro, o nome do inimigo, atarê, atori, obi, orobô, aridan, pó de carvão, óleo de rícino, fios de linhas preta, vermelha e amarela, uma encruzilhada... E fé era coisa que Djalmão tinha de sobra. Tanto que, no domingo de carnaval, para surpresa de todos, lá estava o general, firme e forte, boné verde e branco na cabeça, apito pendurado no pescoço, bastão colorido debaixo do braço, pronto para reunir e comandar seu aguerrido exército. Que desfilou bonito.

Não conheci o Djalmão. E o pai de santo Vadinho, só de visita. Mas a história da desavença entre os dois, que me foi contada e recontada por diversas pessoas, é claro que colocava o diretor de harmonia como suspeito da misteriosa morte do religioso; cujo enterro, aliás, foi estranhamente acompanhado por uma meia dúzia de gatos pingados, sem os rituais de praxe.

Algumas pessoas buscaram a explicação para a pobreza do séquito no fato de que, naquele momento, boa parte dos candomblés de Marangatu já tinha se mudado para locais bem distantes, como a serra do Tinguá, Guapimirim e Cachoeiras de Macacu. Porque Marangatu já era um nome estigmatizado. Contra essa má fama, porém, insurgiu-se a maior parte de seus moradores, os quais, através de ações pra valer, procuravam reverter esse quadro negativo.

A melhor explicação para a trágica desavença de Vadinho de Tempo com Djalmão quem me trouxe foi a dra. Edwiges, do Instituto de Filosofia das Religiões. Ela me explicou que o candomblé "de angola" ou de "congo" foi criado na Bahia já no século XX, num momento de grande repressão às crenças africanas.

Como o candomblé nagô, do povo iorubá, já gozava de um certo respeito e era protegido por algumas autoridades, a gente que cultuava entidades dos povos bantos, do centro-oeste africano, resolveu se defender. Então, teriam colocado os rituais e entidades nagôs do seu jeito, mudando os nomes. Boa parte dos nagôs entendeu a situação e aceitou. Mas outra parte não gostou e até então se contrapunha a isto. O que era uma pena — ela disse e eu assinei embaixo. Porque qualquer divisão do povo afrodescendente, política ou religiosa, enfraquecia sua luta pelo reconhecimento de suas identidades e de suas reivindicações.

Mas a boataria se espalhava. Como a notícia fantasiosa de que uma quadrilha de malfeitores vinha conseguindo, através de subornos milionários, conservar por congelamento criogênico, nos freezers do Departamento de Biologia Animal da Universidade Campestre, corações de vítimas de assassinato. O Instituto de Criminalística do estado investigou o caso, concluindo negativamente e procurando desfazer os boatos. Mas o que se dizia era que Soraia, a poderosa Iaiá de Marangatu — epíteto que eu renego —, tinha relações pessoais no laboratório; e, assim, conseguira subornar a direção para deixar lá, em conserva, depois de cirurgicamente extraídos, os corações dos desafetos que mandava assassinar. Segundo rumores, alguns tiveram os órgãos arrancados com os corpos ainda vivos.

As suspeitas não se confirmavam. O que se sabia das relações de Soraia com a Campestre era sua sólida amizade com o célebre dr. Teodoro, que não tinha nada a ver com biologia animal. Ainda se os boatos envolvessem algo ligado a venenos vegetais, a investigação poderia ter sucesso. E isto porque, como era de conhecimento geral, o famoso botânico vinha desenvolvendo experiências sobre a toxicidade da mamona, cujas sementes podem concentrar doses letais de toxina. *Vinte sementes de mamona, ingeridas por um adulto, podem levá-lo a óbito. E seis a sete já podem matar uma criança*, afirmava o cientista.

Este não era o primeiro envolvimento da Campestre em boatos sobre experiências científicas antissociais. Em dado momento, com a observação de que a população local já não tinha tantos portadores de deformidades físicas — resultantes dos casamentos endogâmicos dos primeiros tempos —, um jornal carioca publicou uma série de matérias sensacionalistas. Tais reportagens insinuavam a ocorrência de um programa de extermínio, baseado em princípios eugênicos, levado a termo durante a ditadura militar. Mas a tese não prosperou; e a opinião pública convenceu-se de que os disformes e deficientes tinham desaparecido por morte natural ou diluídos na massa enorme de carentes que aumentava a cada dia na região. Era aquela "gente feia" que, um dia, no antigo Distrito Federal, o escritor Monteiro Lobato viu passar, nas proximidades da gare da Central do Brasil; e incluiu num de seus escritos sobre a necessidade de melhoramento do tipo brasileiro.

Mas o caso do dr. Teodoro e suas mamonas já era discutido até em Brasília. Lá chegara num projeto do parlamentar que fora o primeiro pastor da comunidade; e que agora, tendo tirado o "dos" anteposto ao sobrenome, era o deputado Tomaz Santos. A proposta legislativa era de "erradicação da mamona", por mais ridículo que isso possa parecer.

E enquanto o nobre deputado não sabia bem o que tinha de fazer na Belacap, como era chamada a capital, em Marangatu, o prepotente Gracindo de Paula sabia exatamente o que queria e onde deveria chegar. Fazendo questão de ser tratado por seu título eclesiástico, de "arquidiácono", o religioso acabou conhecido como "Arqui"; e isto porque seus fiéis quase destroncavam a língua ao tentar pronunciar o título. Carioca de Maria da Graça, filho de uma senhora caridosa, que tinha o dom de rezar e curar batendo folhas e ministrando garrafadas, o futuro Arqui cedo caiu na rua e no mundo. Sobrevivendo de expedientes, biscates, trambiques e algumas falcatruas, foi durante um bom tempo garçom de um inferninho na rodovia Presidente Dutra, perto do Posto Treze. Dali ganhou sociedade no pé-sujo de um português na rua do Lavradio, perto do campo de Santana, lá embaixo na Cidade. Familiarizado com a região, e respeitado como valente, depois de alguns episódios violentos em que mostrou sua "disposição", conheceu Graciete, com quem se amasiou e teve a pequena Gracienny, xodó de sua vida.

Vivendo nesse ambiente, consumia de maneira irresponsável doses cavalares de drogas e bebidas alcoólicas, além de gastar quase todo o dinheiro que ganhava em jogatinas e apostas. Pelo menos isso era o que relatava, anos depois, como exemplo, nos "testemunhos" que dava em sua igreja.

Até que um colega de trabalho, chamado Deuzefiel dos Anjos, sendo "crente", foi incumbido pelo Espírito Santo de testemunhar a aparição de Satanás no caminho do futuro Arqui e fazê-lo crer na palavra de Deus. Dito e feito. Pelo menos isso era o que relatava, anos depois, como exemplo, nos testemunhos que dava em sua igreja.

Meio-dia, sol a pino, Gracindo vinha andando em direção à estrada Rio-São Paulo quando, numa encruzilhada, ele — cujo único traço de bondade era o gosto por música boa — ouviu o etéreo som de uma flauta solando a belíssima melodia do choro "Sofres porque queres". Aquela era a música preferida de sua saudosa mãe, falecida havia já algum tempo! Gracindo se arrepiou todo. Principalmente quando viu que o flautista era um moleque de menos de 10 anos de idade, maltrapilho, esfarrapado, tocando com os olhos fechados como se cego fosse. E era.

Gracindo quis saber, do menino, seu nome, o de seus pais, onde morava... Mas o menino só tocava, tocava e tocava, emendando um choro no outro, cada um mais melodioso e bonito que o anterior.

Eis que então, não se sabe de onde, surgiu o amigo Deuzefiel, gritando, nervoso:

— Vai-te embora, maligno! Em nome do Senhor!

Bastaram apenas essas duas frases para o menino se desmanchar e sumir na poeirada de Marangatu. Gracindo estava pálido, suando frio, se tremendo todo. Deuzefiel levou-o para sua casa, tentou avisar à mulher dele o que estava acontecendo, mas não a encontrou na residência. Assim, dispensou-lhe todos os cuidados necessários. Na noite seguinte, levou-o à sua igreja.

Chegou lá exatamente no início de um culto de louvor e adoração conduzido pelo pastor Saulo Malaquias, líder de audiência com um programa evangélico na Rádio Solimões. O pastor, segundo Deuzefiel, tinha profetizado o acontecimento. E quando viu Gracindo entre os participantes do culto, dedicou e dirigiu a ele toda a sua preleção. Foi assim que, ouvindo a palavra de Deus, conforme testemunhava sempre, muitos anos depois, Gracindo de Paula entregou-se física e espiritualmente ao Senhor Jesus, sendo curado de todos os seus vícios e mazelas, num beneficiamento que se estendeu a sua mulher e seus filhos, a menina Gracienny e o menino Cledson Greice, dois anos mais novo.

Depois de batizado nas águas do rio Guandu, o *Jordão daqui da gente*, como costumava dizer, em apenas três anos, segundo afirmava, orgulhoso, por sua inteligência e aplicação, Gracindo passou de pastor a evangelista, preletor, diácono e finalmente arquidiácono. Aprendeu a profetizar e a induzir o transe de qualquer pessoa derrubando-a com um simples toque do dedo médio. Aos poucos foi aprendendo também a andar sobre as águas e multiplicar determinados gêneros alimentícios em falta nas dispensas. E assim ganhou a confiança de todos, até do governo.

Bem... Tudo isso era o que constava do prontuário policial, que Gracindo apresentava como currículo; e no qual ninguém acreditava muito. Mas, dentre as coisas que mencionava em suas preleções, uma era certa: a presença de mulheres no narcotráfico de Marangatu já era notória. Elas desempenhavam todas as tarefas necessárias ao funcionamento das bocas de fumo. De boqueteiras a donas do morro, de fogueteiras a primeiras-damas, além de "minas da contenção", atuando na defesa com fuzis e metralhadoras, a estilistas, escolhendo e comprando roupas, tênis e bonés de marca para os traficantes que não podiam sair das favelas.

Então nascia e se espalhava, aí, o boato, jamais confirmado, de que a Iaiá de Marangatu — como diziam os invejosos — era a dona do movimento em todo o complexo; e que os já famosos Nem, Feijão, Curumba, Wáttyla, Uêndel e Peixe seriam apenas testas de ferro de sua corporação empresarial.

Inventava-se tudo! Inclusive, tinha gente que dizia que ela era a reencarnação de Catarina Mafuta, a legendária líder do quilombo que deu origem à primeira favela. Outros diziam, exagerando mais ainda, que, em vez de uma simples reencarnação, ela era de fato a própria Mafuta, que jamais morrera e sobrevivia como a maior e mais forte liderança de Morgados.

Isso era verdade. Como era verdade também que ela morava na parte mais alta da serra, numa propriedade que ocupava quase um terço das terras do antigo Morgado de Marangatu. Duvidosa, para mim, entretanto, era a existência do cubano Johnson, pois eu jamais soube de alguém que o tivesse conhecido pessoalmente. Até mesmo Seu Aleixo, em suas evocações, nunca deixou claro se elas eram reais. Inclusive, algumas pessoas atribuíam sua presença a um distúrbio mental de Soraia, cuja mente era também dada a criações fantásticas.

20. VOVÓ AFRA

Com mais de 50 anos, Soraia revelara-se efetivamente uma pessoa manipuladora, procurando influenciar o comportamento de todos à sua volta, inclusive o arquidiácono Gracindo de Paula, agora um homem de grande poder.

Gracindo, o Arqui, obedecia cegamente ao Ministério do Tabernáculo, no sentido de converter os narcotraficantes à "palavra de Deus". E fazia isso para reforçar o poder político de seus chefes: "convertendo" os bandidos ao evangelho, eles ganhariam fama de homens de bem, e fortaleceriam sua estratégia de tomar o poder em escala nacional.

— Não sei se os irmãos sabem quem foi Malcolm X. Pronuncia-se "Écs". É o "xis" em inglês. Alguém aqui sabe quem foi?

A pergunta do arquidiácono, dirigida à alta cúpula do Tabernáculo, deixava no ar um clima de absoluta perplexidade. Ninguém sabia do que estava falando; então ele esclareceu:

— Malcolm X foi um grande bandido americano, de alta periculosidade. Mulato sarará, cafetão, assaltante à mão armada e traficante de drogas, era um marginal barra-pesada mesmo. Até que foi preso e condenado a muitos anos de prisão. E, na cadeia, ele se converteu à religião da Nação do Islã, que é uma seita de muçulmanos negros que existe nos Estados Unidos.

Os líderes ainda não entendiam aonde o arquidiácono queria chegar. Mas ele prosseguia:

— Pois Malcolm X estudou bastante e se tornou um dos membros mais influentes dessa seita, arrebanhando muito mais fiéis do que a seita já tinha conquistado. Durante uns dez anos, ele foi respeitado como um dos maiores líderes políticos dos Estados Unidos. E, se fosse candidato, talvez até chegasse a presidente.

Os participantes da reunião achavam que o arquidiácono estava exagerando. Como é que o líder de uma seita ia chegar a presidente da República? Seita era apenas um grupo de dissidentes de uma religião principal... Mas o chefão continuava:

— Teve um fim triste, esse Malcolm X. Meteram chumbo nele. Aliás, da mesma forma que o presidente Kennedy, o irmão dele, Bob; e o pastor Martin Luther King. Tudo na mesma época. Porque nos Estados Unidos política não é brincadeira, não! Cochilou, o cachimbo cai.

— Mas o senhor está querendo comparar o Brasil com os Estados Unidos? — perguntou um dos líderes, justificando em seguida: — Bandido aqui é tudo analfabeto, não tem noção de nada. Quando muito, sabe fazer as quatro operações.

O plenário aprovou a intervenção, com exclamações de "glória" e "aleluia". E o arquidiácono concluiu com brilhantismo:

— O que eu quero mostrar, com o exemplo de Malcolm X, é que a ira de um encarcerado, vítima da sociedade, pode muito bem ser transformada em fator multiplicador e de grande força política. E é essa a proposta que eu trago à discussão: uma ampla campanha de evangelização da bandidagem, começando nas cadeias e presídios. E isso está em Lucas, capítulo 5: "*Não tenhais medo! Doravante sereis pescadores de homens! Fazei-vos ao largo e lançais as redes para pescar.*" Palavra do Senhor!...

Bem pensada estratégia. O arquidiácono, agora com uns 60 anos, convertera-se havia umas três décadas, depois de levar uma vida desregrada, inclusive frequentando terreiros de quimbanda pesada, segundo fazia questão de propagar, a todos e a todo momento. Quando recebia a manifestação do Espírito Santo, procedia como um cavalo de santo atuado, com a peculiaridade de falar frases em línguas estranhas. Assim, difamava Soraia como feiticeira e miliciana. Dizia que ela tinha formado um bando que trabalhava de empreitada; que alugava malfeitores para a prática de crimes patrimoniais, principalmente roubo de cargas em rodovias como Via Dutra, Rio-Teresópolis e Rio-Santos. Creditava a ela a efetiva autoria de várias mortes, reforçando e detalhando as informações já correntes sobre os corações arrancados e congelados no laboratório da Universidade Campestre, com a cumplicidade do tal Teodoro, vulgo dr. Mamona. Assegurava ele que algumas vítimas tiveram o coração arrancado quando ainda estavam vivas. Apesar de tais denunciações caluniosas terem sido rejeitadas pela Justiça.

De um modo geral, o povo local tinha Soraia como benfeitora. E se ela roubava, tirava dos ricos para dar aos pobres. Pois fazia um trabalho social importante através de sua ONG, onde os jovens aprendiam capoeira, percussão, rap, hip-hop, pagode...

Estava eu nessa reflexão, na rede da minha varanda, quando, lá na rua, um velho morador, bêbado e anônimo, como convém aos bêbados, me gritou seu desabafo:

— Aqui, antes, passava boi, passava boiada... Agora, só passa moto, carro com esse tal de túner (*tum, tum, tum*) e alto-falante de propaganda. Antes, aqui, homem mariquinha era só dentro de casa. Agora, eles se empeiriquitam e vão pro shopping, porque a televisão diz que ser bicha é moda.

Preconceitos do velhote e incorreções políticas à parte, as coisas tinham realmente mudado muito. Inclusive, do ponto de vista étnico, como dizia o pessoal da Campestre. Aí, resolvi chegar mais perto do portão para ouvir mais do maluco-beleza, que disparava:

— Hoje está tudo difícil. Até mesmo encontrar um preto por aqui. E quando eu digo preto, digo preto mesmo, daqueles que a gente chamava Pau-Queimado, Pica-Fumo, Anu, Tiziu. Índio, hoje, aqui a gente só tem mesmo o Sexta-Feira.

O índio a que o pau-d'água se referia eu sabia quem era: tinha carteirinha da Funai, mas andava de óculos escuros e camisa Red Indian, com aquela cabeça de pele vermelha, americana, pintada no peito. Vivia do comércio de artesanato, principalmente uns cestos vagabundos. Vendia em Marangatu, Iguatu, Tabatinga, Murucu; nas feiras. E por isso a turma o chamava de "Sexta-Feira"; e o sem-vergonha achava engraçado. Era um índio aculturado. Tanto que até compunha, cantava e dançava *funk*, manifestação que, aliás, a Assembleia Legislativa lá embaixo tinha acabado de reconhecer como patrimônio cultural.

É... Realmente tudo tinha mudado. E mais do que já mudara para a finada Dona Afra, bisavó de Soraia, que, certo dia, não faz tanto tempo assim, também me deu um testemunho.

Foi numa noite de chuva, com muitos relâmpagos e trovoadas, quando cheguei em casa e me deparei com ela, sentada na cadeira de balanço que eu tinha na sala, velando o sono de Amélia estendida no sofá, parecendo sedada. Fisicamente era Soraia, o que me surpreendeu, pelo aspecto, o pano na cabeça, a roupa e o cachimbo de barro que chupava. Mas logo fiquei sabendo de quem se tratava. E, mesmo assustado com aquela manifestação inédita para mim, sentei-me para ouvir o que ela tinha a me dizer. Então, depois de alguns conselhos e recomendações, a voz pausada, mas clara, e entremeando a fala com provérbios de um saber muito antigo, pronunciando corretamente as palavras, como o espírito elevado que era, Vovó Afra, grande ancestral das favelas de Marangatu, foi me envolvendo na fumaça de suas recordações:

— Ninguém nunca soube direito como isso aqui começou, meu filho. Mas pra quem não tem casa, viver é inútil. Então, veio um, que trouxe o outro. Outro que trouxe o um... Minha mãe dizia que naquela época a maioria era filho ou neto de africano. Meu bisavô mesmo, ela dizia que era um negro alto, forte, bonito. E que ele era de Moçambique... Depois é que começou a vir esse povo do norte, da Paraíba, do Espírito Santo. Quem vai nos ombros dos outros não sente a distância. Não é?

Ela não falava como uma preta-velha de caricatura: aqueles *vossuncê* e *mizifio* tinham ficado lá no limbo. E também não definia onde começavam suas lembranças. Mas fixava fatos e pontos fundamentais do lugar:

— No tempo antigo, as casas eram choupanas, de estuque, de sopapo, com chão de terra batida. Na hora de fazer a parede, a pessoa trançava os bambus, fazendo uma espécie de grade, e ia tapando os vãos com barro molhado. E a cobertura era de sapê. Como diz o outro, o telhado protege a casa, mas ele não sabe disso.

Eu já tinha ouvido falar: no início, bem no início, o povo tinha que buscar água lá embaixo no rio, que era bem longe. Até que o Ministério da Viação e Obras Públicas inaugurou a Caixa d'Água:

— Uma remada aqui, uma remada ali, a canoa ia seguindo... Então, no dia da inauguração do cano, foi uma festança! Enfeitaram com bandeirinhas... As mulheres compraram latas novas, botaram cabo, pintaram direitinho, pra inauguração da bica. Os maiorais, os bambambãs, todos de terno branco, subiram com o deputado. Atrás de todo homem rico tem sempre uma procissão, não é mesmo? Com foguetório, palmas, discurso... Aí ligaram e a água jorrou. Foi uma festança, mesmo! O samba comeu solto até o dia seguinte. Parecia que dali em diante ia ser tudo uma beleza... Mas a pedra do rio não sabe como a montanha é quente.

Miséria e criminalidade sempre andaram de mãos dadas. Mas dos meus primeiros tempos em Marangatu até aquele momento, as coisas tinham ficado muito mais feias, mesmo. Vovó Afra sabia a razão de tudo. E me dava notícia até mesmo de alguns meninos que eu vira crescer.

— Uns deles estão no reino da Glória. Que Deus conserve! Mas outros estão lá no meio dos quiumbas, eu sei... Cabeça de elefante não é pra criança carregar. O pior deles todos tinha 13 pra 14 anos, já não respeitava mais ninguém. Batia na mãe, roubava dinheiro das mulheres, tomava bolsa de compras. Tinha a cabeça já virada, e se achava o maioral. Teve um dia que o batalhão subiu. E umas meninas sem juízo bateram palmas, cheias de graça com os guardas. Só que eles foram embora; porque o fogo e a pólvora não dormem na mesma esteira... E aí ele e a turma lá dele fizeram muita maldade com elas todas; no meio da rua, pra todo mundo ver. Outro, o pai bebia mas era trabalhador; e a mãe trabalhava em casa de família. Morava tudo lá em cima, naquela parte mais alta. Um dia, por causa dele, foi todo mundo expulso. Só ficou a avó, que estava entrevada e não podia sair. Ele então foi lá e, no meio do maior tiroteio, pegou a velha e tirou do morro. Tinha bom coração... Pois é: amizade pra ficar é a que recebe e dá.

Inacreditável, mas a velhinha sabia passado, presente e futuro. Dava a impressão de que sempre tinha estado lá. Sem deixar nada escapar ao seu olhar:

— A criança é a recompensa da vida, meu filho. Mas, antigamente, lugar de esperar neném era em casa, encolhidinha, de meia e pé calçado. Hoje elas andam por aí exibindo a barriga e outras partes também. É o fim do mundo, filho! Mas sabe o que é? Ahn? Já que não podem entrar pra televisão, porque não são louras; e como não nasceram pra trabalhar em casa de família, é melhor mesmo ter uma bonequinha pra brincar. Não é mesmo?

Vovó Afra, embora viesse de outro lugar e de outro tempo, também percebia os absurdos e exageros, e se importunava com eles, como todos nós.

— Hum... Já começou! Agora é todo dia essa inana! O alto-falante começa a apitar, esse homem começa a gritar feito um maluco... É "Senhor" pra cá, "Senhor" pra lá. Coisa mais irritante! Língua usada como faca acaba cortando a boca. E eu não sei onde é que eles arranjam tanta "glória" e tanta "aleluia". Aleluia toda hora nunca foi prova de fé, não é mesmo? E uma mentira só estraga mil verdades. Mas já tem outras casas dessas aqui em cima. Mulher que pulava a cerca, homem que batia na mulher, moleque que bulia nas coisa dos outros, está tudo agora de paletó, de saia comprida, com a Bíblia debaixo do braço. No fundo, no fundo, é tudo marmotagem! E a cabra come o capim que lhe apetece. Mas, também, pra fazer uma obrigaçãozinha hoje se gasta um dinheirão, né? Já viu quanto é que está uma galinha, um charuto, uma garrafa de marafo? E uma vela de sete dias? Está tudo pela hora da morte, meu filho!

Dito isto, Soraia voltou.

21. O VENENO VEM DO SUL

Depois da crise hipertensiva que fez Soraia entrar em nossas vidas, minha mulher compreendeu afinal que precisava cuidar melhor da saúde. Assim, passou a tratar-se com o dr. Arquimedes Bulhões, veterano e querido médico de Paracambi, e a levar vida mais saudável, sem álcool, fumo e comidas gordurosas. O velho médico, apesar do nome grego, era adepto das teorias de Imhotep, um sábio núbio-egípcio que, segundo ele, teria sido o verdadeiro pai da medicina, pois viveu e clinicou antes de Hipócrates. Coisas de médico espírita! Mas o caso é que aquela mudança me surpreendeu muito. Passado algum tempo, entretanto, vi que o autor do milagre não era só o dr. Arquimedes.

Como nosso casamento há muito tempo já entrara naquela rotina em que os comportamentos da relação se repetem de modo automático, custei a me dar conta de que ela estava diferente. Até que, num determinado momento, parei e pensei: a alegria e a espontaneidade de Amélia já não se revelavam; suas atitudes pareciam esconder um ou muitos segredos; e sua aparência era agora a de uma pessoa que estivesse experimentando algo como um êxtase místico. Até que ela passou a entremear suas falas com palavras, frases e expressões em clichês, como "o Senhor proverá", "em nome de Jesus", "Oh, glória", "fique na paz"; e a tratar até pessoas que ela não conhecia como "irmão", "abençoado", "amado", "amada".

A confirmação de minhas suspeitas veio quando encontrei as imagens de santos, caboclos, pretos-velhos, exus, pombajiras e todos os objetos de sua adoração doméstica destruídos e os restos despejados sem o mínimo respeito num terreno baldio próximo ao sítio. Tudo em meio ao lixo. Aí, compreendi e mudei também. Sem sair de casa, aproveitei o quarto dos santos — o roncó —, agora vazio, e para lá transferi minha cama, minha mesa de trabalho, um sofá, minha vitrola, alguns utensílios, e toquei minha vida, num escritório mais amplo e arejado. Resolvi também ampliar e aprofundar minhas pesquisas. E aí me aproximei do professor Teodoro, com quem pelo menos eu podia melhorar o meu francês.

O polêmico cientista promovia, duas vezes por semana, uma espécie de seminário informal, mas permanente. As reuniões eram em sua casa, onde ele mantinha o que chamava de *potajê*, uma pequena horta de plantas medicinais, todas identificadas por seus nomes científicos e populares, estes em diversas línguas, inclusive africanas. Nos encontros, ele reunia os interessados, principalmente estudantes da Campestre, para discussões noite adentro. Minha frequência tinha como motivação maior a separação de corpos tácita e consensualmente acertada entre mim e Amélia.

Meu objetivo declarado era entender as razões da surda guerra santa que já ocorria em Marangatu. E, para tanto, nada melhor que a interlocução do professor. Ainda mais quando eu soube que Soraia frequentava as reuniões.

Confesso agora que eu me sentia profundamente atraído por aquela mulher, numa atração em que a admiração e um certo temor eram também componentes muito fortes.

O mestre morava no próprio campus da universidade. Pertencia ao quadro efetivo e ocupava uma casinha afastada, mas simpática, toda branquinha com portas e janelas azuis, onde me recebeu com muita simpatia e atenção. E em três ou quatro sessões, como ele tipificava tais encontros, comecei a formar minha opinião.

Na minha primeira noite, depois de discorrer sobre vários temas gerais, o cientista, ao saber de minhas principais inquietações, expôs com clareza seu entendimento sobre as novas igrejas na região:

— O furor desses *soi-disant* "evangelizadores", digamos assim, me recorda a ação dos protestantes no Haiti, tempos atrás. — Ele intercalava suas frases com baforadas num estranho cachimbo de cano longo e fino. — As ações eram orquestradas nos Estados Unidos, e *le satanisation*, a demonização do vodu, tinha, *y compris*, inclusive, como base de divulgação os filmes de Hollywood.

A menção ao vodu haitiano surpreendeu a todos. Principalmente a um rapazinho de barbicha que disse ter aprendido que esse era "um mau exemplo de crença, primitiva e execrável", o que o professor imediatamente contestou:

— O vodu, *mon cher ami*, é nada mais nada menos que *un assemblage*, uma síntese, de antigas religiões africanas, com influências do catolicismo romano. É uma religião que nasceu no meio rural, para dar ao camponês conforto, apoio moral, força espiritual e saúde física. E não é uma religião imposta de cima para baixo. É uma prática *absolument démocratique*, incorporada ao dia a dia dos seguidores.

O aroma do fumo até que era agradável, embora me entontecesse um pouco; mas eu me esforçava para entender. E o esforço era compensado pelas atenções de Soraia, que, íntima da casa, volta e meia ia à cozinha, de onde trazia água, café e biscoitinhos, que eu aceitava como deferências exclusivas.

— O objetivo dos praticantes do vodu é o bem material e a paz de espírito, assim como nas outras religiões. E a forma africana de conseguir isso é trocar energias com as forças dos ancestrais e as da natureza. Essas forças não são necessariamente maléficas, mas podem se tornar, porque essa é uma faceta da condição humana. O mal existe em todo lugar, não é mesmo? E é claro que no vodu *aussi*, também; e *égalment* no seio da cristandade.

Preocupado, lembrei a ele que no vodu, pelo que eu já tinha lido, pratica-se magia maléfica e feitiçaria; e ele novamente corrigiu minha linha de pensamento:

— *Bien, bien*... Se o amigo considera feitiçaria a oferenda de energia vital através de sacrifício de animais, então saiba que outras formas religiosas, como alguns cultos judaicos e muçulmanos, também a praticam. O cinema foi que caricaturou isso, com essas histórias de zumbis, de mortos-vivos, *ça va sans dire*.

Aí ele buscou me mostrar que o vodu era uma forma de resistência organizada do povo haitiano. Que era um veículo de concepções filosóficas; de difusão artística e de criatividade, principalmente na pintura e na música. Que era fonte de uma medicina popular muito eficaz... Inclusive, em uma das reuniões, quis me emprestar um livro que tirou da estante. Segundo me disse, o autor era um "preto velho" chamado parece que... Jean Price-Mars, uma coisa assim. Ele me disse que nesse livro, publicado em 1928, estava explicado tudo o que me dizia. Eu respondi a ele que infelizmente não sabia nada de francês, como de fato não sei até hoje, e muito menos francês do Haiti.

Soraia prestava muita atenção ao que eu dizia, e isso me animava. Mas a verdade é que eu já começava a achar, como era voz geral na região, que o professor Teodoro era um feiticeiro. Mas aí ele atacou a questão por um outro caminho, ainda mais complicado:

— Não sei se o amigo já ouviu falar que por trás da histeria dos pentecostais tem também *le petit doigt*, o dedinho do Tio Sam...

Na noite dessa estranha acusação os estudantes presentes reagiram com muito espanto, certamente achando, como eu, que o dr. Mamona, além de meio tantã, era feiticeiro e de extrema esquerda. Pensei nisso, mas não interrompi sua fala. Mesmo porque Soraia estava sentada ao meu lado, e eu sentia o calor de sua coxa na minha.

— O veneno vem do sul, das águas lamacentas do Mississippi, *mes amis*. Os protestantes de lá querem dominar a linguagem da *Théologie de la libération*, que é uma corrente de teologia cristã nascida aqui na América Latina. Só que eles querem usar os fundamentos para expandir suas ideias, e *dans le cahier*, dentro da cartilha do neoliberalismo.

Uma jovenzinha disse não saber o que era neoliberalismo. Teodoro tentou explicar, falando em liberdade de mercado, em controle da intervenção estatal, mas a jovem percebeu apenas que isso era coisa de economia... E ficou na mesma. Aí, ele disse que o objetivo do neoliberalismo era fazer o Brasil voltar ao que era antes de Getúlio Vargas, sem leis trabalhistas, sem extrair petróleo, sem indústria siderúrgica, totalmente dependente do capital estrangeiro, como nos velhos tempos. Mas ninguém da garotada presente sabia ao certo quem tinha sido o tal Getúlio.

Isso ocorreu já na última sessão, como Teodoro dizia. Numa noite em que Soraia não foi e a reunião perdeu para mim muito do seu significado. Saí de lá mais cedo, bastante abalado, e resolvi dar uma passada no Flor de Benguela, quase arriando a porta, para espairecer. Qual nada! O astral era pior ainda. E tudo por conta de Seu Aleixo, que, tendo exagerado na jeribita, experimentava uma espécie de surto psicótico e anunciava o apocalipse de Marangatu:

— Não sei se nós vamos estar aqui pra ver, mas o fim está próximo.

Nosso carpinteiro falava de pé, bamboleando, voz pastosa e olhos vidrados, para sua habitual plateia, agora emudecida de terror.

— O deus dos índios era um gigante de tamanho descomunal, dono de tudo o que existia e se via lá de cima da serra. Era o dono do vulcão, e o vulcão era seu próprio corpo. A lava era o seu sangue; e os terremotos vinham dos seus passos e da sua dança. Noutro dia ele entrou lá em casa. E me falou que estava muito aborrecido com o que anda acontecendo aqui. E disse que os espíritos dos índios estão preparando sua volta. E que aí toda a região de Marangatu e o Brasil todo vão ver o que é bom pra tosse...

Fingi que ia ao mictório e saí pelo canto.

22. RETETÉ

Marangatu realmente mudara muito. E, semanas depois, já esquecido aquele surto, Seu Aleixo puxava o coro dos descontentes:

— Agora é essa chatice de bispo pra cá, bispo pra lá... Tudo agora é bispo.

O angolano Filipe emendava:

— Pois, então! Na minha terra, quando Congo e Angola eram a mesma coisa, os tugas acharam de levar o filho do *manicongo*, do rei, pra estudar na Europa e sagraram ele como bispo. Estavam a evangelizar, mas de olho nas riquezas da terra.

Essa história estranha, de um bispo do Congo já no século XVI, eu também confirmei depois. Só que o pobre rapaz, quando voltou à sua terra, não conseguiu impor sua autoridade: os padres brancos se recusaram a aceitar um preto como seu superior. E aí ele acabou como vigário auxiliar do bispo de Funchal, na ilha da Madeira.

— Tremenda sacanagem! — trovejou o nosso carpinteiro. E emendou, com o velho bordão saudosista:

— Marangatu mudou muito! No tempo do Ronca, como diz o outro, isso aqui tinha muito pouca diversão, mas a gente ia levando. Aqui passava boi, passava boiada, passava boiadeiro com a calça remendada... Tinha cavalo, cavaleiro e carroça transportando tudo, até mudança. O carro de boi do Seu Casemiro servia pra tudo, até pra casamento caipira, que o pessoal satirizava na festa junina, sem se dar conta de que era caipira também. O povo andava léguas sem ver vivalma; e o som que escutava era, de vez em quando, uma viola ponteando ou uma sanfona abrindo o fole. Como a do Seu Zé, sanfoneiro romântico, setenta anos de paixão por sua velhinha Dona Didina, para quem compôs a valsa "Didina, tu és uma rosa". Seu Zé Sanfoneiro tocava e consertava o instrumento. Aí, nos domingos, recebia aqueles calangueiros vindos de longe, que experimentavam os oito baixos, cantando de improviso. O senhor sabe o que é calango? Não sabe, não? Pois é... É feito um samba, só que mais balançado. E é só na base do pandeiro e da sanfona. Aqui tinha muito calangueiro bom naquele tempo. Eles cantavam de acordo com a rima, que chamavam de linha. Linha do "á", do "é", do "i", do "ão", do "aia".

Seu Aleixo cantava de olhos fechados, lembrando fundo, um calango que chegou a tocar até no rádio, cantado pelo famoso Luiz Gonzaga:

— *Calango tango, no calango da lacraia/ Meu cabrito tá na corda, meu cavalo tá baia/ Eu vou lhe contar um caso, você ri que se escangaia/ A muié do Zé Maria foi dançar, caiu a saia/ Calango tango, no calango da lacraia/ Meu cabrito tá na corda, meu cavalo tá na baia.*

Ele explicava:

— De forma que nos domingos vinham os sanfoneiros, trazendo instrumento pro Seu Zé Sanfoneiro consertar. E aí juntava: um, dois, três. Eles me chamavam, eu pegava o pandeiro e a gente começava a calanguear. Aí, quando ia ver, com uma pingazinha, uma timbuca, dali a pouco o baile estava formado. O que chamam de forró, hoje, naquele tempo era calango.

Nesse ponto, o da música, Seu Aleixo era radical e chegava a ser até preconceituoso.

— Agora, vejam vocês, que música é essa, sem pé nem cabeça, sem letra, sem nada. Duvido que hoje alguém saiba quem foi Orlando Silva, Silvio Caldas, João da Valsa...

Eu era obrigado a discordar, lembrando a ele que cada época tinha a sua música; e aquele era o gosto do momento. Que todos sabíamos que muita coisa tinha mudado. Mas que ainda havia gestos de solidariedade, como os de Soraia, por exemplo.

Desde que tínhamos nos conhecido, ela, espontaneamente, por sua própria conta, tomara para si o encargo de cuidar de Amélia, minha mulher, presa à cama desde aquele mal súbito. Duas vezes por semana ela nos visitava, pra dar a medicação, orientar a fisioterapia, levar um pouco de alegria à casa; e aquilo me cativava. Ela sabia que eu e Amélia já não mais compartilhávamos a cama. E as atenções que me dedicava não se modificaram; nem no abraço apertado e demorado com que me enlaçava, para trocar energias, como dizia; nem na infalível recomendação de despedida, piscando o olho, maliciosa: *Te cuida, hein?*

Um dia, ela chegou vestindo uma blusa decotada e... Sem porta-seios, como dizia meu pai, que Deus o tenha! E eu tinha certeza de que as curvaturas que fazia, a pretexto de pegar alguma coisa na mesinha de centro ou no chão, eram para me exibir suas belezas. Que eram realmente alucinantes, em volume, consistência e forma: um verdadeiro manjar castanho-acetinado, com aqueles mamilos só um pouquinho mais escuros, despontando nas magníficas auréolas intumescidas. Enlouqueci. Ela fingia não perceber minha excitação. E isso se repetiu em outras ocasiões... Até que chegou o carnaval.

Apesar de estender sua forte liderança inclusive às decisões dos Diplomatas, a malvada recusava-se a desfilar na escola com aqueles uniformes que identificavam os membros da diretoria. Jamais abriu mão de se fantasiar de acordo com o enredo, que naquele ano homenageava a sempre lembrada cidade de São Salvador da Bahia. Então, sua presença na concentração, naquela noite, causou um impacto muito forte e um tremendo rebuliço. Todos queriam vê-la, tocá-la, ouvi-la, embriagar-se no seu perfume.

Veio fantasiada de baiana, devidamente estilizada. Do turbante às chinelinhas prateadas, passando pelos cintilantes colares de muitas voltas que lhe cobriam o colo dos meus sonhos, a visão deslumbrante era realçada pelos ombros roliços, duas colunas de carnes rígidas encimando os braços recobertos de pulseiras coruscantes. A saia comprida e reta, como a das baianas tradicionais, deixava à mostra o umbigo e os torneados quadris. Nossa Senhora! O corpo de Soraia era um violão de ébano. Em nada se parecia com o da maioria das mulheres de

Marangatu. Essas, provavelmente em razão de suas origens ameríndias, tinham ombros, mas quase não tinham bunda nem quadril. A malvada tinha tudo! Ancas de tessitura castanho-acetinada — como a dos seios — divinamente esculturais. E como eu gostava, meu Deus!

Para minha infelicidade, eu estava lá. E recebi dela a esmola de uma piscadela de olho, acompanhada daquele "te cuida, hein?!", pura expressão de sua coqueteria. Mas que selou irremediavelmente minha condição de pierrô, naquela fantasia carnavalesca.

Tempo passando, fui me dando conta de que não podia mais viver sem ela. Contava os dias que faltavam para vê-la em sua visita a Amélia — que já nem mais me dirigia a palavra — ou na casa do professor. Na rua, a todo momento, eu vislumbrava uma mulher, achava que era ela, e em questão de segundos, suando frio, constatava a ilusão. Cheguei ao ponto de sentir seu cheiro e escutar sua voz, inúmeras vezes, para me desiludir logo em seguida. Faltava-me, entretanto, coragem para procurá-la no hospital ou ir à sua casa, uma fortaleza inexpugnável, segundo se dizia. Como se falava, à boca pequena, do nosso envolvimento. Até que um dia, encontrando-a casualmente na rua, não resisti mais e confessei minha paixão. Soraia reagiu à minha desastrada confissão com uma gargalhada debochada, dizendo que o meu caso não era amor e sim uma obsessão doentia. E falou que conseguiria me curar. Pensei logo no melhor, mas ela me desiludiu no ato, dizendo que a cura seria espiritual. Ante a minha concordância conformada, me deu endereço, dia e hora... E eu fui.

Subindo a ladeira íngreme, depois de uns quinze minutos cheguei ao famoso Casarão, protegido por uma muralha de quase 3 metros de altura, circundada pelo fosso profundo. Mas o largo portão de ferro estava aberto, e entrei.

Do grande salão do segundo andar vinham cânticos estranhos, ritmados por uma bateria, tambores e pandeiros, mas harmonizados por guitarra e baixo elétrico, aos quais se somavam os riffs de um trompete. O ritmo oscilava entre aquele monjolo da umbanda, ijexá, samba e reggae; e era de fato contagiante, induzindo à dança. E assim, subindo a escadaria, cheguei ao portal do salão, onde uma multidão dançava, ou melhor, girava, como naquela dança extática dos dervixes muçulmanos.

Impressionava a quase total ausência de pessoas brancas ou amulatadas. Quase todos os frequentadores, homens e mulheres, jovens em sua maioria, eram pretos ou mulatos escuros e se apresentavam formalmente vestidos: os rapazes de terno e gravata, no chamado passeio completo, e as moças de vestidos de seda e sapatos de salto.

— *Ele vem, ele vem/ Nosso juiz severo/ Rola, Jordão, rola, Jordão/ Rola, que aqui te espero.*

A maviosa voz que solava o velho cântico do hinário bíblico me era familiar. Logo senti a presença de Soraia e divisei seu rosto, de olhos fechados e em atitude mística, cantando:

— *Roda, roda, roda/ Pra me libertar/ Gira, gira, gira, gira/ Para o mal afastar...*

Pressentindo a minha presença, Soraia piscou um olho e improvisou um solo cheio de malícia:

— *Ele veio, ele veio/ Em busca da revelação/ Ele está aí no meio/ Será que terá salvação?*

A cada solo, uma espécie de mestre de canto gritava "aleluia". A multidão em coro pegava a palavra e devolvia, duplicando indefinidamente a sílaba final:

— *Alelu-iaiá, ó Glória-iá.*

O louvor era todo para ela, Soraia-iá. Que bradava, de olhos fechados:

— Toda alma lavada no sangue é membro do corpo. "Na verdade, na verdade vos digo que, se não comerdes a carne do Filho do Homem e não beberdes o seu sangue, não tereis vida em vós mesmos." João, capítulo seis, versículo 53.

Numa espécie de responso, um rapaz alto, magro, vestindo um elegante jaquetão de seis botões, completava:

— "O homem de bem tira o bem do depósito que tem no coração." Lucas, capítulo seis, versículo 45.

No que Soraia retomava o fio da meada, sempre informando corretamente a fonte da citação bíblica:

— "Vocês são a nossa carta, escrita nos nossos corações, para ser conhecida e lida por todos. Ela não foi escrita com tinta, mas com o espírito do Deus vivo. Ela não está escrita em placas de pedra, mas em corações humanos." Coríntios, capítulo três, versículo dois.

A pregação era cheia de menções ao sangue e ao coração, ao coração e ao sangue; e aquilo me perturbava bastante. Então, o ritmo foi acelerado e os fiéis giraram mais rápido ainda. À medida que cantavam e dançavam, eles iam ficando mais excitados, até chegarem ao frenesi. Depois de muito tempo, alguns desmaiaram. Mas outros pararam de repente, sem qualquer sinal de tontura. O curioso é que eu já tinha lido a respeito disso num livro sobre as religiões dos negros nos Estados Unidos no século XIX. Mas não podia imaginar que isso sobrevivia no Brasil do século XXI, e logo em Marangatu.

O ritmo agora ficava mais batucado e balançado, parecendo um samba. O coro fazia cama para o solo do mestre de canto:

— *Calango-ô, calango-ê, calango-á... Aleluia!!!*

E o mestre entrava:

— *E Aleluia/ Canto na linha do é/ Na palavra do Evangelho/ De Jesus de Nazaré/ Gênesis, Deuteronômio/ E no livro de Ester.../ Livro de Ester/ Todos vão ver como é que é/ Habacuque, Sofonias, Zacarias, Josué.../ Calango-ê, calango-é/ Calango-á... Aleluia!!!*

Aí entrava o pregador pregando, com o martelo de sua fé, tendo ao fundo a batucada.

Soraia e os pregadores que a sucediam insistiam nas referências ao coração e ao sangue; e isso produzia imagens aterradoras em minha mente. Até que, não aguentando mais, fui saindo, trôpego, até o portão de ferro. Desci a ladeira com as pernas bambas, tentando correr, sem conseguir, suando frio sob um coro de imprecações e gargalhadas sarcásticas, ao som daquela batucada diabólica. Até que acordei, ensopado de suor; mas definitivamente livre daquela obsessão de sexo.

A partir dali já conseguia ver a cidadã Soraia dos Santos Sacramentos na sua dimensão verdadeira: Iaiá de Marangatu, E, no dia seguinte, dei um pulo até Vista Alegre, à casa do Ralph R. Brown, teólogo e psicólogo africano-

-americano, do Bronx, professor visitante da Universidade Campestre, que me explicou direitinho, num português surpreendente, brasileiríssimo, sem nenhum sotaque, o que eu tinha visto no sonho.

— Isso que o senhor sonhou, meu velho, existe sim e é chamado "reteté", palavra que vem do iorubá *reté*, acalentar para dormir. E existe em igrejas que não obedecem a nenhuma orientação central, em que cada líder vai acrescentando alguma coisa à liturgia. Porque o importante é a unção, a inspiração divina que se sobrepõe a qualquer fator histórico, social ou filosófico. E que chega a algumas pessoas e as qualifica para reunir em torno de si e liderar uma comunidade de fé.

Ralph dominava mesmo o assunto, e me esclarecia bastante com suas explicações:

— Um dos diferenciais das igrejas pentecostais em relação às tradicionais é a ênfase que elas dão às manifestações do Espírito Santo, que ocorrem primeiro no batismo e depois se desdobram em poderes como os de curar, profetizar, falar em línguas estranhas.

— Como é isso, Ralph?

— Isso explica a grande semelhança do "reteté" com determinados cultos de umbanda. É o que chamam de entrega de profecia.

— Entrega feita pelo pastor?

— Não. É feita por senhoras, sempre senhoras, que dão consultas individuais, tanto nas igrejas quanto nas suas casas. Como as rezadeiras que davam consultas a pessoas com problemas físicos ou espirituais.

Ralph R. Brown tinha toda a razão. E coroou a verdadeira aula que me deu, e que me devolveu a tranquilidade, com um livrinho sobre William Joseph Seymour, líder pentecostal negro do sul dos Estados Unidos falecido em 1922. Foi ele que lançou as bases de toda aquela religiosidade barulhenta que se espalhava por Marangatu e arredores.

— Então, veio de lá também.

Segundo análises bastante confiáveis, uma das razões do sucesso dos evangélicos estava nas possibilidades de socialização que as igrejas ofereciam. Para comunidades que não dispunham da mínima oferta de convivência e lazer, as igrejas passaram a representar um atrativo, principalmente para os mais jovens. Dava até pra namorar.

De minha parte, lembro que Marangatu, tempos atrás, só tinha o futebol. Cada bairro ou favela tinha o seu time, como o Vasquinho, da Fazendinha; o Flamenguinho, da Mafuta; o Futurista, da Roçona; o Onze Bacana, da Arrelia... Tinha bastante! Com um ou dois "pernas de pau", mas nenhum aleijado. Entretanto, o maior de todos era o Juventus, fundado pelos italianos. Tinha o melhor campo e disputava campeonatos com times de fora, aqui e lá.

As grandes disputas locais também aconteciam no campo do Juventus, como foi a final de 1958, lembrada a todo momento e contada por Seu Aleixo Carpinteiro com aquele seu jeito todo peculiar.

— Foi entre o time dos gringos, lá de Nilópolis — não sei se o senhor sabe que Nilópolis já teve uma grande comunidade judaica —, o Monte Horeb, e o Flamenguinho.

Seu Aleixo se lembrava até da escalação dos dois times.

— O Monte Horeb entrou em campo com Jacó, Davi e Abraão; Salomão, Moisés e Natan; Samuel, Joab, Roboão, Joel e Benjamin. E o Flamenguinho com Gorila, Timbó e

Lamparina; Veludo, Beiçola e Jamelão; pai Tomás, Cipó, Macalé, Chocolate e Branca de Neve. O jogo era tão importante que foi irradiado pela Solimões. Era a final de um campeonato. O pessoal do Flamenguinho apelou pra tudo quanto era recurso. Inclusive quimbanda. O adversário também não era bobo e tinha lá a sua cabala, os seus recursos.

Impressionante como o nosso carpinteiro lembrava detalhes:

— Conclusão: o jogo foi disputado pau a pau, e estava empatado até os quarenta minutos do segundo tempo, quando o ponta-esquerda do Monte Horeb comeu um, comeu dois, cruzou pelo alto e o *centrefor*, Joel, que tinha mais de 1,90 metro, meteu a cabeça e pou. Gol do Monte Horeb. Mas ele estava na banheira e o bandeirinha marcou. Só que o juiz não viu, e já ia pegar a bola e botar no centro quando levou uma pernada. O número 10 de Nilópolis deu-lhe um soco num crioulo do Flamenguinho. Nem lhe conto, meu senhor. O pau comeu feio, a bola explodiu, a taça sumiu e até hoje ninguém sabe realmente quem ganhou.

Novos tempos, novas falas também. Assim, o povo de Marangatu vinha já tentando heroicamente se comunicar no linguajar transnacional da sociedade de consumo. Bicicleta por aqui já era *bike*; bicho de estimação, *pet*; criança pequena, *kid*; boa forma física, *fitness*; cartão, *card*. Tudo bem. Mas esse esforço na direção da modernidade também gerava problemas, como o dos anúncios do pequeno restaurante do cearense Raimundo, que oferecia comida "aquilo" e "Alla Carter". Uma bela tarde, cheguei lá e me deparei com o cartaz anunciando: HOJE, RAPIAU. Surpreso, perguntei se era um prato novo no cardápio, e o Raimundo me ensinou:

— Não, patrão! Rapiau é uma programação que a gente faz agora, com um rapaz que canta e toca violão. É uma beleza, só sertanejo! Mas só vai até às nove da noite, pra vizinhança não reclamar.

Mas, além do inglês, nesse momento já havia também muito letreiro com nomes e frases propiciatórias, como "El Shaday", "Jeová Jiré", "Shalom", "Shekinah".

Marangatu já começava a falar hebraico também.

A confusão já chegava igualmente à casa do velho Barra-Mansa, numa espécie de cisma que acabou com a paz que lá reinava. Uma das mulheres começou a achar que o marido era imperfeito, mas poderia se endireitar abrindo mão dos prazeres mundanos. A outra já achava que o velho, para tomar jeito, tinha que ser imerso na banheira da casa. E a terceira, bem mais radical, começou a achar que o coitado do marido, na verdade, era mesmo o Diabo. Aí não teve mais jeito.

Com a tripla separação, Seu Barra-Mansa, apesar da idade, resolveu dar novo rumo à vida. Reincorporou-se ao cais do porto e um dia embarcou em um navio de bandeira nigeriana. Foi para a África. Segundo voz corrente, sua intenção era se tornar muçulmano, ter como sempre várias mulheres e morrer de maneira heroica. E aí, então, descansar; no Paraíso, cercado de umas 20 mil virgens.

Bem antes disso, a nossa Associação dos Homens de Cor já tinha virado uma ONG, patrocinada pela Fundação Ford e fortemente incentivada pelo braço nacional do grupo Time-Life. Aí, o companheiro Barra-Mansa já tinha caído fora; e eu também. E, muito lamentável e definitivamente, o nosso caríssimo Aleixo Carpinteiro.

Foi muito triste! Principalmente quando fui com Soraia pegar os papéis para liberar o corpo e li a causa da morte: "falência múltipla dos órgãos, por caquexia generalizada". Mais surpresa, ainda, me causou a idade com que nos deixava: apenas um ano a mais que a minha. Então, a senhora que eu sempre havia achado que fosse a sua filha me disse, chorando:

— Ah, moço! Meu velho era tão capaz! E não realizou nada nesta vida.

Foi nesse clima que o levamos à sua morada final, na necrópole... Desculpe! No cemitério de Marangatu.

23. CORAÇÕES ARDENTES

Marangatu era, com toda a certeza, um lugar distante. Onde até mesmo o que estava a alguns passos da porta custava a chegar. E isso eu percebi a partir do dia em que Seu Barra-Mansa chegou ao Flor de Benguela com um desconhecido.

Era um mulato alto, muito bem-vestido, de *blazer*, pois o tempo estava frio. O anfitrião o apresentou como seu sobrinho. E, quando disse o nome, o Fraga — de volta, muito tempo depois do sumiço que lhe impuseram — abriu um sorriso incomum e o abraçou efusivamente.

— Professor Rufino! Que bom a gente se rever ao ar livre, hein? Que prazer.

Intelectual muito respeitado, o professor tinha cerca de 40 anos, mas já era dono de uma biografia impressionante. Formado pela faculdade de filosofia da Universidade do Brasil, era um dos autores da *História real do Brasil*, uma coleção de livros na qual pela primeira vez se contou a história do país com suas reais ações e consequências, colocando, mesmo, os pontos nos "is".

Com a instauração da ditadura militar, pelo que pensava e fazia, Rufino teve que sair do Brasil, exilando-se na Bolívia e depois no Chile. Passado algum tempo, retornou, mas teve que viver na clandestinidade, sendo então preso diversas vezes.

Naquele dia, o professor, recém-beneficiado pela lei de anistia aos opositores à ditadura, tinha ido visitar seu tio Barra-Mansa, que, orgulhoso, fez questão de levá-lo ao bar do angolano Filipe, para apresentar à roda o sobrinho *combatente*, como dizia.

Rufino não ficou muito tempo. Entretanto, sua breve presença no bar, falando um pouco de sua luta, foi o bastante para suscitar, após sua saída, uma tremenda polêmica: Fraga era de esquerda e admirava, de verdade, o "combatente". Tanto que o acompanhou, quando ele se despediu da turma. Mas Filipe tinha deixado Angola por ser salazarista, e contra todas as facções envolvidas na luta pela independência de seu país. Aliás, simpatizava um pouquinho com a Unita, embora ela fosse apoiada pelo regime sul-africano do *apartheid*. Filipe era a contradição em pessoa!

— E vem esse gajo pra cá falar de golpe! Vermelho, pra mim, somente pó de *takula* e a camisola do Benfica, meu amigo!

O angolano se referia a uma planta de sua terra, usada em tinturas, e ao time português do seu coração. E sua reação desencadeou diversas manifestações de cunho semelhante:

— Eu nunca ouvi ninguém falar nessas coisas de golpe por aqui. Revolução, sim. E o que eu sei foi a Revolta da

Armada, a do Forte de Copacabana e a Revolução de 1930. Mas mesmo assim em nenhuma delas teve violência. Foi tudo resolvido numa boa, na amizade. O povo brasileiro é um povo bom, meus amigos. Violência é coisa de alemão, russo, esse pessoal....

Assim falou o Zaratustra, um velho que aparecia lá de vez em quando. E o Fagundes, viciado em tudo quanto era espécie de jogo de azar, completou:

— Isso que esse rapaz falou de torturador parece mais é fantasia, coisa de maconheiro. Ele deve ter visto isso, mas foi no cinema... Tortura, aqui? Brasileiro é mesmo de futebol e carnaval. Aí, sim, a negrada briga pra valer. Isso é que é.

Marangatu era sem dúvida um lugar distante. Mesmo com tudo o que a região vivenciara nos chamados anos de chumbo, quase ninguém tomara conhecimento da ditadura. Foi pensando nisso que me veio à mente, por inteiro, o que tinha ouvido do Alcir, colega do ginásio que um dia apareceu lá em casa, mas que sumiu inexplicavelmente depois.

Alcir, segundo me contou, fazia faculdade e trabalhava no Banco Mercantil. Tinha lá seus livros, lia o jornal *Novos Rumos*. Participava do movimento estudantil... Mas era só isso. No mais, namorava, ia ao cinema, tomava sua cerveja, jogava uma bola de vez em quando... Como todos nós. Mas um dia, no banco, o gerente mandou chamá-lo ao gabinete.

— O senhor quer falar comigo, chefe?

— É gente do Dops, Seu Alcir.

Tinham ido buscá-lo. E o colega se deparou com dois sujeitos mal-encarados, de terno e gravata. Eles algemaram Alcir, o levaram, enfiaram num carro fechado, meteram-lhe um saco na cabeça e rodaram com ele um bom tempo. Quando estacionaram, o colega viu que estava num sítio, mas nunca soube onde era. Então, tiraram-lhe a roupa e começaram a bater e machucar, de tudo quanto era jeito. Vendaram os olhos dele e davam porrada e choque elétrico em tudo quanto era parte do corpo, principalmente nos culhões, conforme ele disse. Queriam que confessasse um assalto que tinha ocorrido no próprio Banco Mercantil, numa outra agência. Além do assassinato de um marinheiro inglês na praça Mauá. E tinha também o sequestro de um diplomata de um país desses aí — Alcir lembrava com muita revolta, pois não sabia nada disso, além das versões dos jornais.

E contava também que algumas das muitas sessões de tortura tinham a participação de uma mulher, já idosa mas muito violenta.

— Usava a clássica roupa de instrução dos militares, mas com perneiras de couro acima dos coturnos, um cinturão de balas; e uma enorme pistola Mauser pendente dele, do lado esquerdo.

Sua especialidade era o conhecido "telefone", espancamento com as duas mãos abertas, dando tapas muito fortes, ensurdecedores, em meus dois ouvidos ao mesmo tempo. Mas Alcir não sabia se era uma figura real ou um delírio de sua mente confusa.

— O que eu sei é que me bateram muito, mas muito mesmo. Principalmente a tal Coronela, nome de guerra daquela velha sádica, filha da puta. E só não me mataram porque meu pai conhecia o dr. Petrúcio, que sabia do tal Sítio da Tortura, onde, além de mim, estavam outros presos. Ele era advogado e foi lá me soltar. Se não fosse o Petrúcio de Albuquerque, babau, meu amigo!

Marangatu era um lugar distante, mesmo! Lá, pouca gente sabia que, naquele momento da prisão do meu colega, as centenas de corpos que chegavam para ser enterrados na vala comum dos indigentes eram simplesmente de vítimas da ditadura. E assim dizia o Fraga:

— Com essa ditadura, o imperialismo queria garantir sua dominação sobre todas as Américas.

E isso, segundo ele, com o fim de impedir qualquer tipo de influência dos russos, como já tinha acontecido em Cuba, onde a revolução socialista havia triunfado.

— E teve também a guerrilha no Araguaia, um puta movimento de resistência. Só deu xabu porque o povo ficou mais por fora do que arco de barril, sem saber de nada.

Certíssimo, o Fraga. O povo por aqui não tinha a mínima ideia do que acontecia. Só estudantes, intelectuais e alguns operários sindicalizados, que eram a favor do socialismo e se filiavam às diversas organizações políticas de esquerda; que surgiam e orientavam associações comunitárias. Na região de Marangatu houve várias dessas associações, inclusive no âmbito da Igreja católica, sob a orientação do saudoso dom Honório Heráclito, tão importante que até o papa — diziam — prestigiara seus funerais.

Todas essas verdades tinham ficado no passado. E agora, maior do que qualquer uma delas, o mito da Iaiá de Marangatu crescia e se metamorfoseava. Inclusive com uma fabulação que a dizia "dona do cemitério". Nessa condição, desempenharia a tarefa sinistra de entregar os cadáveres às entidades sobrenaturais encarregadas de transmutar os cadáveres na matéria fecundante que tornaria a terra fértil e propícia a produzir alimentos.

Ninguém sabia como surgira nem de onde viera essa invencionice absurda. E Soraia, ao saber dessa história, reagiu com aquele seu jeito debochado, rindo às gargalhadas:

— Nossa! Já pensou que responsabilidade? Se eu fosse dona do cemitério, eu ia era fazer lá um... Um *resort*. Não é assim que se diz? Um complexo de lazer, uma colônia de férias; com parque aquático, centro esportivo, polo gastronômico... Essa é que é a minha!

A lembrança desses episódios aguçava em mim a necessidade de achar a palavra exata para definir Marangatu. Eu pensava em amizade; mas via que isso, salvo exceções, já tinha ficado no passado, naquele tempo de bois e boiadeiros, quando Seu Dominguinho vinha aqui trazer, pra eu provar, um pedaço daquele cuscuz que só Dona Chica, sua mulher, sabia fazer. Eu me lembrava da dedicação de Soraia ao tratamento de minha mulher... Pensava em "solidariedade", mas não podia afirmar se esta era exatamente a palavra.

Passavam pela minha cabeça substantivos, sempre abstratos, como esperança, verdade, firmeza... Mas nenhum servia ao meu propósito. Até que cheguei a... pre-ca-ri-e-da-de. Sim, era este o termo definitivo: precariedade. Pois faltava tudo, ou tudo estava fora do lugar.

Em Marangatu, a saúde pública era apenas um posto, um lugar, um emprego; onde trabalhadores precariamente remunerados faziam o que podiam — o que sempre significa quase nada. Da mesma forma a educação, que a cada ano punha na pista legiões de analfabetos funcionais para servirem, quando muito, como mão de obra ao comércio de varejo.

O transporte, privatizado mediante concessão, estava nas mãos fechadas de monopólios intermunicipais. Num passinho sempre à frente, subvertendo a metáfora do coração de mãe, onde sempre cabe mais um, eles vão enchendo a burra. Isto, no chão; porque, por baixo e por cima, água e energia regem-se, com bastante frequência, pelas unhas dos gatos, com base na ideia de que água não se vende e a luz nasceu pra todos. E, enfim, segurança é valor que se resume num conhecido dito: manda quem pode, obedece quem tem juízo.

Assim, em Marangatu, aliás, como em todas as regiões, cidades, vilas, vilarejos e povoados deste país-continente, quem tinha botava banca; quem não tinha, o jeito era se virar, como dizia o velho malandro Fraga. E quem definia o dia a dia era Dona Precariedade, sempre acompanhada de um cortejo de comadres: Dona Ausência, Dona Carência, Dona Escassez; Dona Exclusão, Dona Falta, Dona Frustração e Dona Fantasia. Eram elas que teciam as mal traçadas linhas do destino de Marangatu. Onde a maior alegria das crianças continuava sendo a "volta da luz", saudada efusivamente depois de horas e horas de interrupção do fornecimento de energia elétrica.

Falando em energia, lembro do cubano Johnson. Que em sua curta passagem pela terra teria previsto para Soraia a longa existência, bíblica, de 146 anos. Ela obviamente não achava que isso fosse possível. E a previsão, em vez de lhe pacificar o espírito, fez brotar em sua mente a noção de exiguidade e finitude da vida física. A partir daí, a Iaiá adotou o costume de comemorar regiamente seu aniversário. Como naquele 20 de novembro, naquela festa que passou à história como a Festa dos Corações Ardentes.

Ali estava toda, completa, sem faltar nada, Soraia, Iaiá para os íntimos, como costumava dizer. Já aposentada, *por incapacidade e não por invalidez*, frisava, zombeteira. Mas durante muitos anos fora auxiliar de enfermagem no Hospital Iguatu, lotada no centro cirúrgico, onde aprendeu muita coisa de anatomia. Por exemplo, como esquartejar um corpo, amputando e decepando nos lugares certos.

Mesmo tendo *muito pouca leitura*, como dizia, ela era então a grande unidade pacificadora do complexo da Fazendinha. E sua fama ia longe. Para o seu povo, foi graças a ela que a milícia foi unificada numa só corporação. Legalizou-se e absorveu a mão de obra do movimento, termo hoje dicionarizado e que outrora denominava o conjunto de firmas do comércio então ilegal de narcóticos. Também por sua interveniência, dizem, foi que todas as igrejas locais, exceto as católicas, uniram-se numa grande e única denominação. Em público, diante de sua gente, a Iaiá posicionava-se de modo radical contra todo tipo de violação dos direitos humanos e principalmente contra *esse evangelismo mercenário*, como aprendeu a dizer. E colocava os transgressores todos na mesma fornalha de chamas ardentes, em que foram jogados Sadraque, Mesaque e Abednego, segundo Daniel, 3:20. *Simbolicamente*, como dizia, às gargalhadas, seu objetivo era matar todos os pecadores, extrair a cada corpo o coração, conservá-los no gelo da lembrança; e servi-los num espetacular churrasco, como o daquela festa, a toda a sua comunidade, sem discriminar ninguém por origem, cor da pele, orientação sexual ou filiação religiosa. Porque todos eram iguais perante a lei. E a lei no complexo da Fazendinha, e quem sabe, um dia, em todo Morgados, chamava-se Soraia dos Santos Sacramentos, que então, finalmente, até eu já reconhecia como a Dona Iaiá de Marangatu.

Importante, majestosa, invejada — como uma Xica da Silva —, a Iaiá era, sem dúvida e sem jamais ter ocupado cargo público, a maior liderança da Grande Marangatu em todos os tempos. Nada se fazia sem sua opinião, acatada pelos poderes constituídos e paralelos, todos representados naquele dia, naquele evento de arromba. Com a festa, a Iaiá exorcizava todos os seus fantasmas e reduzia a pó, literal e definitivamente, os boatos, mexericos, invencionices, calúnias, injúrias e difamações que a seu respeito circulavam, havia anos. E o fazia castigando os costumes com o ingrediente que sempre foi o mais eficaz, a ironia.

Então era ela a que agora, numa metáfora debochadamente gótica, necrófila, vampiresca, mandava servir "o coração". Encomendado no matadouro de Santa Cruz; e que agora vinha, bem-passado, malpassado e ao ponto, em nacos fartos, servidos por um exército de garçons e garçonetes uniformizados.

Para os que julgavam que o homem elegante ao seu lado fosse um namorado ou amante, ela esclarecia tratar-se de seu irmão Paulo, definitivamente de volta ao Brasil, depois de concluir seus estudos no exterior. Tinha se doutorado em teologia pela Universidade Católica de Medellín. E, agora, vinha até os Morgados para anunciar sua candidatura a deputado federal pelo PG, o Partido Governista.

Ouvindo a notícia, a plateia explodiu em aplausos. No que um redivivo e rejuvenescido Pedro Melodia, dedilhando uma espetacular guitarra Gibson, modelo Les Paul, solou a introdução do hino nacional. Ao seu lado, o angolano Filipe, compenetrado, tocava sua *dicanza*, que nada mais era que um reco-reco comprido. Seu Zé do Rádio "transmitia" a festa, enquanto o dr. Teodoro — aliás o único representante da Campestre na festa — sorvia, aos golinhos, uma bebida estranhamente verde.

Foi aí que eu vi, de relance, uma estranha mulher fardada, uma senhora em uniforme de gala, com insígnias de oficial superior do Exército brasileiro. Olhei, me assustei... Mas quando olhei de novo não a vi mais.

E, antes, eu já tinha também visto, com estes olhos, umas mulheres de saias muito largas e compridas, dançando uma dança estranha. Rebolavam pra lá, rebolavam pra cá e davam uma rodada, numa coreografia pra lá de esquisita, parecendo que enfiavam alguma coisa entre as pernas. Na passagem de um samba pro outro, os cavaquinhos modulando de dó para ré menor, cada uma foi saindo prum canto e sumindo.

O angolano Filipe, que enxergava melhor do que eu, disse baixinho que as saionas — eram elas — só ali naquela dança tinham levado, embaixo das saias, uns 10 quilos de carne e uma trinta e tantas latinhas de cerveja. Entre as pernas... Ou enfiadas sabe-se lá onde.

Mas eis que Seu Aleixo, apavorado, cutucou meu braço e perguntou:

— Tá ouvindo?

Eu não ouvia nada, a não ser o barulho natural da festa. Mas ele insistia em me cutucar:

— Não tá ouvindo o barulho dos pés batendo no chão? Sente só o cheiro de laranja podre... E a terra começando a tremer.

Seu Aleixo queria me dizer que, mesmo não sendo carnaval, os índios estavam subindo o morro.

Eu não ouvi nem entendi. Mas estavam, mesmo.

Este livro foi composto na tipografia
Minion Pro, em corpo 12/16, e impresso em
papel off-white no Sistema Cameron da
Divisão Gráfica da Distribuidora Record.